HEFTIGE STRAFE

EIN BERÜHRENDER HISTORISCHER ROMAN ÜBER EINEN KRIEGSGEFANGENEN IN RUSSLAND

MARION KUMMEROW

Übersetzt von
ANNETTE SPRATTE

Heftige Strafe: Ein berührender historischer Roman über einen Kriegsgefangenen in Russland

Kriegsjahre einer Familie, Band 11

ISBN der Printausgabe: 978-3-948865-45-0

Herstellung und Verlag:

Marion Kummerow
Weißtannenweg 7
80939 München

Übersetzung: Annette Spratte

Titelbildgestaltung: http://www.StunningBookCovers.com

Bildnachweis: Depositphotos

Dieses Buch basiert auf historischen Begebenheiten, historische Persönlichkeiten und Vorfälle wurden sorgfältig recherchiert und wiedergegeben.

Die Namen der Hauptpersonen und die Handlung sind frei erfunden. Ähnlichkeiten mit lebenden oder realen Personen sind rein zufällig.

NEWSLETTER

Wollen Sie wissen, wie alles anfing mit der Klausen-Familie?

Newsletter-Abonnenten bekommen die Kurzgeschichte "Gewagte Flucht" kostenlos zum Download.

Einfach hier anmelden:

https://marionkummerow.de

KAPITEL 1

Januar 1945, Warschau

Johann starrte in den Lauf eines Mosin-Nagant-Gewehrs. Der Mann am anderen Ende war ein Soldat der Roten Armee, der genauso verdreckt und erschöpft aussah, wie Johann sich fühlte.

„Ergeben! Hände hoch!", brüllte der Rotarmist in gebrochenem Deutsch.

Nach einem kurzen Blick aus dem Augenwinkel gehorchte Johann. Weiterkämpfen war sinnlos, da links und rechts seine Kameraden in genau der gleichen Situation waren. Langsam hob er beide Hände über den Kopf und sah seinem Gegenüber dabei in die Augen. Die Erkenntnis traf ihn mit voller Wucht. *Mein Krieg ist vorbei. Kein Kämpfen mehr. Kein Töten mehr.*

Der Russe bedeutete ihm, seine Waffe wegzulegen und sich einer ganzen Kolonne von Wehrmachtsoldaten anzuschließen, die zusammengetrieben wurden. Während Johann dem Soldaten sein getreues MG34 aushändigte, überrollte ihn eine Welle der Erleichterung, gefolgt von unbeschreiblicher Angst. Er hatte die Kämpfe überlebt, aber was erwartete ihn als Nächstes?

Die Schauergeschichten über die Rote Armee waren nicht gerade dazu geeignet, seine Sorgen zu lindern. Die Wehrmachtssoldaten hatten sogar ein eigenes Wort für die Ängste erfunden, die eine Gefangennahme durch die Russen auslöste: der Russenschreck.

Eines der Gerüchte besagte, dass sie keine Gefangenen machten. Johann schluckte schwer und schlurfte hinüber zu seinen Kameraden. Jeden Moment rechnete er mit einer Kugel im Hinterkopf, doch nichts dergleichen geschah.

Die jungen Russen, die die Kriegsgefangenen bewachen sollten, schienen genauso so erleichtert zu sein wie er, die Schlacht um Warschau überlebt zu haben. Sie machten keine Anstalten, ihre ehemaligen Gegner zu töten. Manche lächelten sogar und fingen Gespräche an.

Johann sprach kein Russisch und zog es deshalb vor, sich von den Bewachern fernzuhalten, für alle Fälle. Er schlängelte sich in die Mitte der Gruppe und traf schließlich jemanden, den er kannte.

„Helmut!"

Sein langjähriger Kamerad drehte sich um und sah ihn mit hoffnungsvollem Blick an. „Johann. Hast du Wasser?"

Johann reichte ihm seine Feldflasche. „Schon lange hier?"

„Zwei Tage. Kein Essen, kein Wasser. Nur den Schnee zum Trinken, aber der ist jetzt auch weg."

„Was haben die mit uns vor?"

„Keine Ahnung." Helmut gab ihm die Feldflasche zurück. „Sieht so aus, als wüssten sie das selbst nicht." Er nickte in Richtung eines sowjetischen Offiziers, ein kleiner Mann mit einer Fellmütze und einem langen, kakifarbenen Mantel mit roten Aufschlägen. „Ich glaube, der da hat das Sagen, aber er hat genauso wenig Ahnung wie der Rest."

Das klang nicht sehr ermutigend. Johann hoffte, die Russen würden bald eine Entscheidung fällen und sie nicht hier draußen verrotten lassen, wo sie Wind und Wetter ausgesetzt waren. Ein Aufruhr auf der anderen Seite erregte seine Aufmerksamkeit. Die russischen Soldaten gingen von Gefangenem zu Gefangenem und machten irgendetwas.

„Wertsachen stehlen", sagte Helmut. „Sie sind verrückt nach Armbanduhren, nehmen aber auch alles andere."

Kurz darauf näherte sich einer der Rotarmisten und sagte „Uhri!"

Johann sah auf seine Armbanduhr, die Standardausstattung der Wehrmacht. Sie war weder schön noch wertvoll, hatte aber zuverlässig die Zeit angezeigt. Er würde sie vermissen.

Er nahm die Uhr ab und reichte sie dem Rotarmisten, der sie um sein rechtes Handgelenk schnallte, da am linken bereits drei Uhren prangten.

„Metalle."

Johann blinzelte, unsicher, was der andere wollte.

„Er will deine Abzeichen", erklärte Helmut.

Ein Blick auf den Oberkörper seines Freundes zeigte Johann, dass Helmuts eigene Uniform komplett leer war. Sämtliche Rangabzeichen waren abgerissen worden.

Tja, die würden ihm sowieso nichts mehr nützen. Er nahm die Schulterklappen ab und legte sie in die ausgestreckte Hand des Russen.

„Gürtel."

Johann sah nach unten auf den Ledergürtel mit der Metallschnalle, auf der *Gott mit uns* stand. Dem Russen gefiel dieses Zögern nicht und er richtete seine Waffe auf Johann. „Schnell."

„Ja." Er nickte und seine Finger bewegten sich, um die Schnalle zu öffnen und den Gürtel abzunehmen. Seine Hose rutschte bis auf die Hüften, ehe die Hosenträger sie aufhielten.

Der Russe schien zufrieden mit seiner Beute und wandte sich dem nächsten Gefangenen zu, während Johann einen abgrundtiefen, allerdings stummen Seufzer ausstieß. Er lebte noch. Um einige Dinge erleichtert, aber er lebte.

Wenigstens hatte er noch seine Feldflasche, Stift und Notizblock sowie das Foto seiner Freundin Lotte, Besteck, ein

Stück Brot und seinen Rucksack mit Wechselwäsche und Waschsachen.

Und sein Soldbuch. Wenn die Russen ihnen erlaubten, das Büchlein zu behalten, das unter anderem als Ausweisdokument diente, hatten sie vielleicht wirklich vor, sie am Leben zu lassen.

Seine erschöpften Beine wankten und Johann hätte sich am liebsten hingesetzt, aber der halb gefrorene Matsch wirkte wenig einladend. Das Eis würde unter ihm wegtauen und seine Hose durchweichen, wodurch die feuchte Kälte in seine Knochen kriechen konnte.

Nein, er blieb lieber stehen.

Irgendwann setzte er sich doch, weil seine Beine unter ihm nachgaben.

Am nächsten Tag kam ein Fahrzeug mit einigen wichtig aussehenden russischen Offizieren angefahren. Sie berieten sich eine Weile und wiesen dann einige der einfachen Soldaten an, Stapel von etwas Weißem zu verteilen.

Johann beäugte sie neugierig und hoffte auf etwas Essbares, doch es stellte sich heraus, dass es nur Stoffstreifen waren, etwa 18 mal 25 cm groß, mit den kyrillischen Buchstaben W und P aufgedruckt.

„Das bedeutet *wojenno plenni*, und ist Russisch für Kriegsgefangener", erklärte ein hilfsbereiter Kamerad.

Ein Russe zeigte auf Johanns linken Arm und Johann band den Stoffstreifen knapp über dem linken Ellbogen um seine Jacke. Es war nur ein Stück Stoff, aber es fühlte sich an wie eine schwere Last. Erniedrigend. Ab diesem Augenblick war er nicht mehr Leutnant Hauser, sondern schlicht ein Teil der ständig wachsenden anonymen Masse Kriegsgefangener.

Sobald alle Männer ihr neues Erkennungszeichen erhalten hatten, gab jemand den Marschbefehl. Noch immer auf etwas Essbares hoffend, reihte Johann sich in die Schlange ein. Als er an einem zerstörten Haus vorbeikam, streckte er die Hand aus, um etwas Schnee von einer Mauer zu greifen. Sofort durchzuckte ihn

ein stechender Schmerz als ein Gewehrkolben auf seinen Arm
herabkrachte.

„Weitergehen!"

Johann zog schnell die Hand zurück und hielt das bisschen
Schnee fest, dass er zwischen die Finger bekommen hatte. Er
wartete, bis sein Bewacher außer Sichtweite war, und stopfte sich
die schmelzende Masse in den Mund. Die wenigen Tropfen
reichten kaum, um seinen ausgetrockneten Mund anzufeuchten,
geschweige denn, seinen Durst zu löschen.

Nach ungefähr einer Stunde Marsch scheuchten die Russen ihre
Gefangenen in einen eingezäunten Bereich, in dem bereits
Hunderte von elenden, entmutigten, dreckigen, irre blickenden und
kahlrasierten Wehrmachtsoldaten auf dem blanken Boden hockten.

Die Wachen verteilten Schermesser an die Neuankömmlinge
und bedeuteten ihnen, sich gegenseitig die Köpfe kahl zu rasieren.

Johann starrte Helmut an, „Was soll das alles?"

Helmut, der ein paar Brocken Russisch sprach, zuckte mit den
Schultern. „Keine Ahnung. Unsere Häscher sind nicht gerade
großzügig, was Erklärungen anbelangt. Wir machen allerdings
besser, was sie wollen."

„Wer zuerst?", fragte Johann.

„Du natürlich. Dann kann ich mich für jeden Schnitt rächen, den
du mir verpasst."

„Ach wie nett, einem Freund in den Rücken zu fallen."

Helmut senkte den Kopf, sodass Johann anfangen konnte, ihn zu
rasieren – ohne Wasser oder Seife –, und murmelte: „Wenn es
stimmt, was sie sagen, verlieren wir bald den Luxus von
Freundschaften und dann ist jeder auf sich allein gestellt."

Johann fing an, Helmuts blonde Haare mit dem stumpfen
Messer wegzukratzen, und dachte über die Worte nach. Stimmte es,
dass es ein Luxus war, Freunde zu haben? Und war ein gefangener
Soldat allein wirklich besser dran? Er fand das nicht, aber was
wusste er schon davon, in Gefangenschaft zu überleben?
Nichts.

„Fertig. Du siehst furchtbar aus", sagte er zu Helmut und reichte ihm das Messer, damit der den Gefallen erwidern konnte.

„Und es ist schrecklich kalt", antwortete Helmut, während er anfing, Johanns Kopf zu scheren.

Sein Freund hatte recht. Sobald die Strähnen seines hellbraunen Haars auf seine Schultern fielen, traf ein eisiger Windstoß Johanns Kopf. Die Russen hatten ihnen schon am Vortag die Helme abgenommen, aber er hoffte, dass sie wenigstens die Feldmützen behalten durften, um ihre Köpfe vor dem polnischen Winter zu schützen.

Weitere Befehle wurden in einer seltsamen Mischung aus Russisch und Deutsch gebrüllt, doch die Bedeutung war klar. Alle mussten sich für eine Leibesvisitation aufstellen.

Johann seufzte. Sie hatten ihn schon zweimal durchsucht. Was erwarteten die denn, was er versteckte? In ihren Aktionen lag weder Sinn noch Verstand, denn sie nahmen Helmut das Besteck ab, während Johann seins behalten durfte. Stattdessen stahlen sie seine Wollsocken.

Vielleicht vervollständigen die durchsuchenden Soldaten auch einfach nur ihre Ausrüstung mit dem, was ihnen gerade fehlte. Ein Offizier ging von Mann zu Mann, untersuchte ihre Schulterklappen und pickte scheinbar wahllos Gefangene heraus, die er auf die andere Seite des eingezäunten Bereichs schickte.

Johanns Stimmung rutschte in den Keller und seine Hoffnungen schwanden, als der Offizier auf ihn und Helmut zukam. Mehr und mehr Gefangene wurden auf die andere Seite geschickt. Er verstand den Auswahlprozess nicht und konnte auch nicht einschätzen, ob es besser war, auf dieser Seite zu bleiben oder auf die andere Seite geschickt zu werden. Obwohl er nie ein religiöser Mensch gewesen war, verspürte er den plötzlichen Drang zu beten. *Bitte, lass mich leben.*

Der Offizier erreichte Helmut, nickte ihm überraschend freundlich zu und bat um sein Soldbuch. *„Gut. Gut."* Er nahm das Büchlein, sah es sich an und gab es schließlich zurück. „Das sind

Ihre Dokumente. Bewahren Sie sie sicher auf." Dann ging er weiter die Reihe entlang – und verschwand außer Sichtweite.

„Was jetzt?", fragte Johann.

„Was weiß ich."

Also warteten sie. Einige der Kameraden verließen die Reihe und suchten nach Schneeresten, um ihren Durst zu stillen. Niemand tötete oder schlug sie. Durch die fehlende Reaktion der Wachen ermutigt, folgten mehr und mehr Gefangene ihrem Beispiel, bis sie die letzten Spuren von Schnee und Eis aufgeleckt hatten.

„In die Reihe", brüllte jemand und die Gefangenen beeilten sich, eine Linie zu bilden. Eine neue Gruppe von Russen kam und unternahm eine weitere Leibesvisitation. Diesmal nahmen sie nur die Soldbücher und warfen sie auf einen großen Haufen in der Mitte des eingezäunten Bereichs.

Johanns Herz rutschte ihm in die Hose. Der Offizier hatte ihnen gesagt, sie sollten sie sicher verwahren, denn das waren ihre Papiere. Hatten die Russen ihre Meinung geändert und würden sie jetzt alle töten?

Seine Augen weiteten sich vor Schreck, als er beobachtete, wie ein Rotarmist den Haufen in Brand steckte. All seine Hoffnungen gingen mit den Ausweispapieren zusammen in Rauch auf und neue Panik machte sich in ihm breit.

Wenigstens spendeten die brennenden Papiere etwas Wärme und er rückte näher heran, um seine steif gefrorenen Gliedmaßen aufzutauen. Während er in die tanzenden Flammen starrte, erfüllte ihn Traurigkeit. War das jetzt die Krönung seines Lebens? Er war neunundzwanzig Jahre alt und hatte nichts anderes gelernt, als ein Soldat zu sein.

Ursprünglich war er der Reichswehr, der Vorgängerorganisation der Wehrmacht und später der Partei beigetreten, weil er von Hitlers Versprechen fasziniert gewesen war, den ungerechten Versailler Vertrag außer Kraft zu setzen und Deutschland zu seiner früheren Größe zurückzuführen. Aber die Verfolgung von Juden und anderen Personengruppen hatte seine Begeisterung bald gedämpft.

Beschämt gestand sich Johann ein, dass er getäuscht worden war und geglaubt hatte, die Juden wären schuld an den unerträglichen Zuständen, die in Deutschland nach dem Ersten Weltkrieg geherrscht hatten. Doch selbst wenn Hitlers Behauptungen wahr gewesen wären – und das bezweifelte er inzwischen ernsthaft – hatten die Juden diese unmenschliche Behandlung nicht verdient. Kein Mensch verdiente es, verfolgt, gefoltert und ausgemerzt zu werden.

„Alle da rüber!" Der Befehl vertrieb Selbstmitleid und Schuldgefühle. Johann reihte sich hinter Helmut ein und wartete mit stockendem Atem, was wohl als Nächstes käme. Nach einer schier endlosen und zermürbenden Warterei kam er an die Reihe und fand sich vor einem langen Tisch wieder, an dem ein halbes Dutzend Rotarmisten saß und Notizen auf langen Listen machte.

„Name?"

„Johann Hauser."

„Vorname des Vaters?"

Warum um alles in der Welt braucht er den? Doch er wagte es nicht, irgendwelche Fragen zu stellen, und sagte: „Hans."

„Jahr?"

Johann sah ihn verwirrt an. „Ich verstehe nicht."

„Geburtsjahr?" Der Soldat wurde wütend, weil er sich wiederholen musste.

„1916."

„Ort?"

„München, Deutschland."

Der Soldat winkte ihn weiter und Johann fragte sich, warum sie die Soldbücher zerstört hatten. Es wäre sicher praktischer gewesen, die nötigen Informationen aus den Dokumenten zu übernehmen, anstatt jeden Gefangenen einzeln zu befragen.

Er drehte den Kopf nach links und sah zwei SS-Leute, die sich hastig die Abzeichen abrissen, ehe sie mit der Registrierung an der

Reihe waren. Ohne die Soldbücher konnten diejenigen, die etwas zu verbergen hatten, bei der Registrierung leicht lügen. Johann hasste ihren Betrug, doch in Anbetracht der furchtbaren Geschichten, die über die Sonderbehandlung in Umlauf waren, welche die Rote Armee den Mitgliedern der SS angedeihen ließ, konnte er die beiden auch irgendwie verstehen.

Am nächsten Tag marschierte er mit mehr als tausend Gefangenen über eine Behelfsbrücke über die Weichsel und weiter zu einem Bauernhof. Dort bekamen sie endlich etwas zu essen – Brot und Suppe. Die mageren Rationen stillten seinen Hunger nicht, aber wenigstens löschte die Suppe den quälenden Durst. Danach wurden alle zu einem Appell in den Hof beordert.

Es war ein merkwürdiger Anblick, die Mitglieder der ehemals so stolzen, wenn nicht sogar unbesiegbaren Wehrmacht dort stehen zu sehen, entmutigt und niedergeschlagen.

„Was wollen sie jetzt schon wieder?", flüsterte er Helmut zu, der nur den Kopf schüttelte.

„Ein klügerer Mann als ich ist nötig, um den russischen Verstand zu ergründen."

Das stimmte. Bisher war keine ihrer Handlungen vorhersehbar oder auch nur nachvollziehbar gewesen.

Ein sowjetischer Offizier trat vor und fragte auf Englisch: „Sind hier britische oder amerikanische Bürger anwesend?"

Zwei Männer in Uniformen der britischen Royal Air Force traten vor und Johann fragte sich, wie um alles in der Welt sie es geschafft hatten, zusammen mit den Deutschen gefangen genommen zu werden. Die beiden Engländer wurden sofort zum Kommandanten gebracht.

„Franzosen?"

Dutzende Soldaten in Wehrmachtuniformen traten vor und gaben sich als *malgré-nous*, Männer der Region Elsass-Lothringen, zu erkennen, die von der Wehrmacht zwangsrekrutiert worden waren.

„Komm schon. Wenn der Kerl da drüben ein Franzose ist, bin ich

Russe", murmelte Helmut beim Anblick eines kleinen, dunkelhaarigen Mannes. „Der stammt aus dem Saarland."

„Jedem das Seine", murmelte Johann zurück. Doch wer konnte es dem Mann verübeln, dass er angesichts des Russenschrecks versuchte, einer Gefangennahme zu entgehen?

Die Fragerei ging weiter. Polen, Tschechen, Jugoslawen, Rumänen, Bulgaren, sogar Österreicher traten vor und wurden in Listen eingetragen. Doch zu ihrem Leidwesen wurden alle, die eine deutsche Uniform trugen, zurück in die Reihe geschickt, unabhängig von ihrer wahren oder behaupteten Nationalität. Nur die Männer, die eine alliierte Uniform trugen, wurden freigelassen.

KAPITEL 2

Johann war bereits seit zwei Wochen auf dem ehemaligen Bauernhof und jeden Tag kamen neue Gefangene hinzu. Die Sowjets verkündeten, dies sei nur ein temporäres Lager, in dem sie gesammelt wurden, um später in ein richtiges Lager geschickt zu werden.

Doch da sich die Rote Armee gerade nach Berlin vorkämpfte, hatten sie verständlicherweise dringendere Probleme, als sich um ein paar zerlumpte Kriegsgefangene zu kümmern. Die Bewacher bewohnten die ausgebombten Gebäude, während die Gefangenen draußen Wind und Wetter ausgesetzt waren.

Seit dem Tag an dem er gefangen genommen worden war, hatte er nicht aufgehört zu frieren. Die unterkühlten Gliedmaßen waren zusammen mit dem nagenden Hunger seine ständigen Begleiter. Die Russen versorgten ihre Gefangenen einmal am Tag mit einer dünnen Suppe und etwas Brot, doch es war nie genug, insbesondere, da immer mehr Männer in das kleine Behelfslager gepfercht wurden und sich gegenseitig Platz und Nahrung streitig machten. Wenigstens konnten sie den rieselnden Schnee mit der Zunge auffangen, um damit den irren Durst zu löschen.

Ein weiteres Problem war die Langeweile – und die schwermütigen Gedanken, die damit einhergingen. Da Johann nichts hatte, womit er Hände oder Geist beschäftigen konnte, sorgte er sich ununterbrochen.

Um sich selbst und seine Zukunft. Um seine Eltern. Um seine Freunde. Aber am allermeisten um Lotte. Das letzte Mal hatte er sie vor einem halben Jahr in Warschau gesehen, wo er sie zusammen mit ihrer Freundin Gerlinde und ihrem Neffen Jan in einen Zug nach Berlin gesetzt hatte.

Lotte arbeitete als Funkerin für die Wehrmacht und war nach Stavanger in Norwegen versetzt worden. Er hätte sich freuen sollen, denn schließlich hatte er dabei seine Finger im Spiel gehabt. Stavanger war einer der sichersten Orte in diesem Krieg. Natürlich waren die Kämpfe nach der Invasion heftig gewesen – etwa einen Monat lang. Seither war in Norwegen nicht viel passiert, anders als an den grausameren Kriegsschauplätzen wie Warschau, wo er sie kennengelernt hatte.

Er berührte ihren Brief in seiner Brusttasche, doch seine Finger waren zu steif gefroren, um ihn herauszunehmen. Es spielte keine Rolle, denn er kannte den Inhalt auswendig. Nachdem er ihn bereits mehrere Dutzend Male gelesen hatte.

Seine Gedanken drifteten zum letzten Sommer und der drückenden Hitze in Warschau, die er jetzt mit offenen Armen willkommen heißen würde. Er hatte sich auf den ersten Blick in den frechen Rotschopf verguckt, der so ganz anders war als alle Mädels, die er davor kennengelernt hatte.

Erst viel später hatte er herausgefunden, wie anders sie in Wirklichkeit war … aber bis dahin war er schon bis über beide Ohren in sie verliebt gewesen und hätte seinen rechten Arm gegeben, um sie zu beschützen. Gott sei Dank war es nicht so weit gekommen – obwohl er lügen, stehlen und täuschen musste, um ihr Leben zu retten.

„Ich weiß nicht, ob ich je wieder warm werde", krächzte die

Stimme seines Nachbarn. Die Gefangenen drängten sich eng aneinander, den Rücken dem eisigen Ostwind zugewandt.

Johann hob die Hände zu seinen aufgesprungenen Lippen und blies darauf. „Wie lange wollen sie uns noch hier draußen festhalten? Ich wünschte, sie würden uns endlich an unseren Zielort schicken, wo auch immer das sein mag."

Ein Soldat namens Heinz stieß ein sarkastisches Lachen aus. „Sei vorsichtig, was du dir wünschst."

„Es kann kaum schlimmer werden."

„Du hast keine Ahnung. Wenn auch nur ein Zehntel der Gerüchte stimmt, steht uns eine böse Überraschung bevor."

„Wir sollten versuchen zu fliehen."

„Fliehen? Wohin denn?", fragte Johann.

„Irgendwohin, egal wo, nur nicht hierbleiben." Heinz rieb sich die Eiszapfen von der Nase.

„Er hat recht. Die Russen haben nur ein paar Wachen zurückgelassen und es gibt noch nicht einmal einen Zaun um dieses Gelände", stimmte ein anderer Mann zu.

Johann sah sich um und stellte fest, dass er recht hatte. Lediglich ein Dutzend bewaffneter Soldaten bewachte an die tausend Gefangene. Doch die zögerten nicht, jeden auf der Stelle zu erschießen, der zu fliehen versuchte. Ohne Deckung war ein Flüchtender in seiner feldgrauen Uniform in der weißen Landschaft kilometerweit sichtbar.

Selbst wenn ein Gefangener es schaffte, wohin sollte er gehen? Die polnische Bevölkerung war den ehemaligen Besatzern nicht gerade wohlgesonnen und würde einen Wehrmachtsoldaten eher lynchen, als ihm bei der Flucht vor den Russen zu helfen.

„Tu dir keinen Zwang an und lauf los", sagte Johann und blickte auf den erbärmlichen Haufen zusammengekauerter Männer. Die meisten waren zu verletzt, zu krank oder zu unterernährt, um überhaupt an eine Flucht zu denken. Seit einer Woche wütete außerdem die Ruhr und nahm den Männern ein weiteres Stück Widerstandskraft, den harten Bedingungen zu trotzen.

Jeden Morgen schleppten die Gefangenen unzählige Leichen ans andere Ende des Feldes und warfen sie in tiefe, offene Gruben. Mit jedem Tag füllten sich die Gruben rascher und bald starben die Gefangenen schneller, als ihre Kameraden neue Gruben in der gefrorenen Erde ausheben konnten.

Ein Raunen ging durch die Menge, als mehrere Lastwagen mit Soldaten der Roten Armee anrollten.

„Was ist los?", fragte Heinz.

„Weiß nicht", sagte Johann. „Wir werden es bald genug herausfinden."

„Alle in eine Reihe!" Der gebellte Befehl brachte die ausgemergelte Menge dazu, in so etwas wie eine Linie zu stolpern.

Noch eine Durchsuchung? Johann stöhnte innerlich. Er hielt sich dicht an Helmut und griff sogar nach seinem Arm, damit sie nicht getrennt wurden. Was auch immer geschah, er wollte dem mit seinem einzigen Freund an der Seite begegnen. Heinz klammerte sich an sie, ebenso wie Karl und die vier schafften es, zusammen zu bleiben.

Die Sowjets zählten Gruppen von fünfhundert Gefangenen ab und ein Trupp nach dem anderen marschierte aus dem Lager. Als sie an der Reihe waren, überrollte Johann eine Welle des Heimwehs. So schlimm die Bedingungen waren, so hatte das Lager doch inzwischen etwas Vertrautes und bot so etwas wie eine sichere Umgebung.

Alles andere war unsicher. Er wusste weder, wohin sie gebracht wurden, noch, was sie dort erwartete. Die Russen hielten es auch nicht für nötig, etwas zu erklären. Erst als sie einen halben Tag marschiert waren, schnappte jemand ein Gespräch zwischen zwei Bewachern auf und die Neuigkeiten verbreiteten sich wie ein Lauffeuer. „Wir werden nach Plonsk überführt."

„Das sind achtzig Kilometer nach Nordwesten. Bedeutet das etwa, dass sie uns nach Hause schicken?", fragte Helmut.

„Das wäre regelrecht dumm von ihnen, denn der Krieg ist ja noch nicht vorbei." Johann schüttelte den Kopf. Die wahrscheinlichere Erklärung war, dass sowjetische Kriegsgefangene der Wehrmacht befreit worden waren und das Lager jetzt genutzt wurde, um die deutschen Gefangenen unterzubringen.

Ihm bereitete jedoch große Sorge, dass Plonsk gut drei Tagesmärsche weit weg war. Die Russen erwarteten nicht wirklich von den geschwächten Männern, die ganze Strecke zu laufen?

Er fand bald heraus, dass sie genau das taten.

Johann, Helmut, Heinz und Karl marschierten Seite an Seite von Sonnenaufgang bis Sonnenuntergang mit wenig bis gar keinem Essen oder Trinken. Und das Ganze bei eisigen Temperaturen. Wenn einer von ihnen stolperte, zogen ihn die anderen wieder hoch, denn die russischen Wachposten hatten nicht viel Geduld mit denen, die das Tempo nicht halten konnten.

Johann erkannte bald, wie sinnlos es war, sich über Hunger, Kälte und Schmerzen aufzuregen, und konzentrierte sich einzig und allein darauf, einen Fuß vor den anderen zu setzen. Schritt für mühsamen Schritt schleppte er sich nach Plonsk. Nicht einmal die Aussicht, nach Deutschland zurückzukehren, hob seine Stimmung.

Er schlurfte unter quälenden Schmerzen voran, bis ihn der Anblick eines im Schnee liegenden Kameraden aus seiner Apathie riss. Das blasse Gesicht des Mannes verschmolz mit dem Schnee und in diesem Augenblick erkannte Johann, dass der furchtbare Marsch auch ein Segen war. Wenn die Bewacher sie nicht zwangen, weiterzugehen, würden sich die Gefangenen im Schnee ausruhen und dort auf alle Ewigkeit festfrieren.

Das schmatzende Geräusch seiner durchweichten Lederstiefel wurde zu einer Melodie und Johann fand einen Rhythmus. Ein kurzes Quietschen links, ein längeres rechts. Seine Füße waren in den Schuhen zu gefühllosen Klumpen gefroren, sodass er weder das Scheuern der Haut noch die entstehenden Blasen spürte, die zweifellos irgendwann aufreißen und nässende Wunden bilden würden.

Am zweiten Tag war ihm alles egal. Während der wenigen klaren

Momente fragte er sich, ob er eigentlich noch lebte oder sein Leiden eine Art Fegefeuer war, in dem er seine Sünden verbüßen musste.

Die Temperaturen waren in den letzten Tagen stetig gefallen und nach jeder Nacht, die sie dicht zusammengedrängt verbracht hatten, wachten Dutzende Männer nicht mehr auf. Er warf einen Blick auf ihre engelsgleichen Gesichter, die im Tod einen friedvollen Ausdruck angenommen hatten, jetzt da sie von sämtlichen Qualen erlöst waren. Für einen flüchtigen Moment wünschte er sich, ihnen dorthin zu folgen, wo auch immer sie sein mochten.

Nur der Gedanke an Lotte, die sich in seine Arme schmiegte und einen leidenschaftlichen Kuss auf seine Lippen presste, jagte ihm dringend benötigte Wärme in die Knochen und hielt ein winziges Fünkchen Lebenswillen am Brennen.

Er rutschte aus und die Erde hieß ihn willkommen. Sie lockte ihn, sich hinzulegen und zu entspannen. Ein Sonnenstrahl traf sein Gesicht und ließ ihn lächeln. Alles würde gut werden. Es gab keinen Schmerz mehr. Keinen Kummer. Nichts.

„Aufstehen", brüllte einer der Wachmänner.

Helmut gab ihm eine Ohrfeige und zerrte ihn hoch. Für den Bruchteil einer Sekunde wollte Johann seinen Freund anschreien, er solle ihn an dem friedlichen Ort zurücklassen. Doch dann gewann sein Überlebenswille die Oberhand, er stolperte auf die Beine und wankte mit Helmuts Hilfe vorwärts. Schritt für qualvollen Schritt.

Stunden später marschierte er noch immer und wusste nicht, ob er seinem Freund danken oder ihn verfluchen sollte, weil er ihn nicht hatte sterben lassen. Es wäre so leicht gewesen. Die Augen schließen und einschlafen, um nie mehr zu erwachen.

Die Menge der sich voranschleppenden Männer schrumpfte weiter. Gegen Mittag stand die Sonne hoch genug, dass Johann ihre wärmenden Strahlen spüren konnte – nicht genug, um die Luft zu erwärmen, aber wenigstens schmolz die Eiskruste auf seiner Uniform.

Der Marsch wurde mühseliger, aber er konnte sich nicht

erklären warum, bis er den Kopf hob und erkannte, dass sie einen Hügel hinaufgingen. Das Tempo wurde langsamer. Er quälte sich weiter. Eine Minute nach der anderen. Einen Meter nach dem anderen. Einen Schritt nach dem anderen.

Gott, ich wünschte, diese elende Plackerei würde aufhören.

Zwei Männer vor ihm rutschten auf dem trügerischen Anstieg aus und fielen hin. Sie rollten ein kurzes Stück den Weg hinunter. Die Wachen eilten mit erhobenen Waffen herbei und schrien: „Aufstehen! *Dawai!* Schnell!"

„Mein Knöchel … ich glaube, er ist gebrochen", stöhnte einer der Männer, während der andere, von einem Wachmann geschubst, irgendwie wieder auf die Füße kam.

Johann sah hilflos zu, wie der verletzte Kamerad versuchte aufzustehen, jedoch sofort wieder hinfiel. Nach zwei Anläufen trat einer der Bewacher einen Schritt zurück und jagte ihm eine Kugel in den Kopf.

Wut flammte in Johanns Brust auf und verdrängte die Apathie. Er ballte die Fäuste, während der Hass auf die Russen sein ganzes Wesen in Besitz nahm. Seine Muskeln spannten sich an und er bebte mit dem Bedürfnis, den getöteten Kameraden zu rächen.

Helmut hielt ihn am Arm zurück. „Das ist es nicht wert, dein Leben zu opfern."

Johann schluckte schwer an seinen Gefühlen, doch unter Helmuts erbarmungslosem Griff konnte er nichts weiter tun, als seinen Marsch fortzusetzen. Nur seine Gedanken verweilten bei dem Toten, der am Wegesrand zurückgelassen wurde, um dort zu verrotten.

Bilder stürmten auf ihn ein: Die Familie des jungen Mannes, eine Liebste daheim, die verzweifelt auf eine Nachricht wartete. Es nagte an seiner Seele und er wünschte, er hätte wenigstens den Namen des Gefallenen gewusst, um seine Angehörigen irgendwie über sein Schicksal informieren zu können.

Die nächsten Stunden trieb ihn die Wut vorwärts und wärmte seinen Körper. Doch am Ende des Tages war er noch erschöpfter als sonst. Der emotionale Aufruhr, der in ihm tobte, hatte seinen Tribut gefordert.

„Du musst dich beruhigen", sagte Helmut.

„Ich bin ruhig."

„Nein, bist du nicht. Und das tut dir nicht gut." Helmut schaffte ein Lächeln. „Wenn du etwas tun willst, dann sprechen wir ein Gebet für die Toten."

„Ein Gebet? Wie soll das denn helfen?"

„Es gibt Kraft." Helmut ließ nie zu, dass sich jemand über seinen starken Glauben lustig machte. Er nahm eine winzige Taschenbibel aus seiner Brusttasche, um die Losung des Tages zu lesen.

Johann hörte dem Gebet nur halbherzig zu, das Helmut daraufhin sprach, unterbrach ihn aber nicht. Insgeheim wünschte er sich, er könnte so glauben wie sein Freund. Egal welche Widrigkeiten ihm begegneten, Helmut wehrte sich nicht dagegen, sondern akzeptierte ihre Existenz und versuchte, einen Weg zu finden, wie er damit umgehen konnte.

Diese Akzeptanz war eine neue Erfahrung für Johann, der sein ganzes Leben lang voller Wut gesteckt hatte. Wut über die Alliierten, die Deutschland nach dem Ersten Weltkrieg im Würgegriff gehalten hatten. Wut auf die Juden, die seinem geliebten Land den Todesstoß versetzt hatten. Wut auf die britischen Hurensöhne, die ihm in Shanghai eine Falle gestellt und ihn zum Sündenbock gemacht hatten. Wut auf die Wehrmacht, die ihn nach diesem Vorfall auf seine Beförderung hatte warten lassen … und neuerdings Wut auf die Sowjets, die ihn mit so niederträchtiger Grausamkeit behandelten.

Drei grauenvolle Tage, nachdem sie den Bauernhof verlassen hatten, erreichte etwa die Hälfte der zerlumpten Männer Plonsk. Wie Johann vermutet hatte, war es ein ehemaliges Kriegsgefangenenlager der Wehrmacht, das jetzt Zehntausende der früheren Herren beherbergte.

Wenigstens gab es dort Baracken, die sie vor Wind und Wetter schützten, und tägliche Mahlzeiten. Doch erst mussten sie sich mal wieder registrieren lassen.

Die Russen stellten die gleichen Fragen wie in Warschau. Die Antworten wurden in gleich aussehenden Listen notiert und Johann hegte den Verdacht, dass die Listen aus Warschau es nie bis hierher geschafft hatten.

KAPITEL 3

Das Leben im Lager war hart, aber wenigstens neigte sich der schlimme Winter dem Ende zu.

„Der Russe hat kein Recht, uns so zu behandeln", beschwerte sich einer der Gefangenen.

Johann funkelte ihn wütend an, hielt aber den Mund. Der Mann war ein ehemaliges SS-Mitglied und nur deswegen noch am Leben, weil er den Russen weisgemacht hatte, er wäre ein einfacher Wehrmachtsoldat.

„Ja genau, was ist mit der Genfer Konvention?", fragte ein anderer ehemaliger SS-Mann.

Johann schnaubte, woraufhin ihn der andere wütend anfunkelte. Er hätte den beiden zu gern die Meinung gesagt und ihnen vorgeworfen, was für jämmerliche Feiglinge sie waren. Aber er hielt den Mund, weil er keinen Ärger wollte. Die Russen fragten niemals, wer einen Streit angefangen hatte, sondern bestraften beide Parteien gleichermaßen.

Nach ein paar weiteren Maulereien erhob Helmut die Stimme und sagte: „Wie könnt ihr erwarten, dass sie uns besser behandeln, als wir sie behandelt haben?"

„Die sind Untermenschen. Kein Deut mehr wert als ein Tier. Wir sollten noch nicht einmal hier sein", knurrte der SS-Mann.

„Das stimmt. Du solltest nicht hier sein. Dir hätte man eine Kugel in den Kopf jagen sollen für all die Kriegsverbrechen, die du begangen hast", murmelte Johann vor sich hin.

Helmut stieß ihn an und flüsterte: „Lass es. Irgendwann bekommen sie ihre gerechte Strafe. Wenn nicht in dieser Welt, dann vor dem jüngsten Gericht."

„Hmm." Johann schüttelte den Kopf. Es war ihm ein Rätsel, wie Helmut immer noch an eine Gottesgerechtigkeit glauben konnte. Aber aus irgendeinem seltsamen Grund zog Helmut Kraft und sogar Zufriedenheit aus dem Wort Gottes, selbst inmitten dieser elenden Umstände.

„Jemand sollte etwas unternehmen", murmelte Johann.

„Nicht dein Problem."

Wenn ihm nicht so kalt und elend zumute gewesen hätte, wäre er wenigstens wütend geworden angesichts der fatalistischen Einstellung seines Freundes. Stattdessen stützte er sich auf seine Ellbogen und flüsterte: „Die Dreckskerle sollten für ihre Verbrechen bestraft werden."

„Und das werden sie. Aber es ist nicht deine Aufgabe, sie zu richten."

„Wie kann dir das so … so … egal sein?", seufzte Johann. Er kniff die Augen zusammen, als er in die schwache Sonne schaute. Tief in seinem Inneren wusste er, dass Helmut recht hatte. Kollaboration mit den Russen war ein weit verabscheuungswürdigeres Verbrechen, als seine SS-Vergangenheit abzustreifen, um einer Hinrichtung zu entgehen.

Fast jeder Gefangene verabscheute die ehemaligen SS-Leute, aber niemand wagte es, sie an die Russen zu verraten. Selbst die Schlimmsten unter ihnen waren immer noch Deutsche. Einen Landsmann verraten, das tat ein Wehrmachtsoldat einfach nicht. Niemals. Es war egal, was Johann von ihm hielt. Es war Krieg und die Russen waren die Feinde. Punkt. Da gab es nichts dran zu rütteln, egal was seine persönliche Ansicht zu dem Thema war. Die anderen Gefangenen würden Johann lynchen, sollte er einen der eigenen Leute verraten.

„Ich denke, der Aufenthalt hier ist eine sehr angemessene Strafe für sie", stellte Helmut nach einer Weile fest.

„Und was ist mit uns? Verdienen wir es auch, so behandelt zu werden?"

„Gottes Wege sind unergründlich und wir sollten versuchen, an unserer Situation etwas Positives zu finden."

Etwas Positives? In diesem Höllenloch? Manchmal bezweifelte Johann, dass Helmut noch ganz dicht war. Glücklicherweise war sein eigenes Gehirn zu ausgehungert und träge, um ihm zu erlauben, den tieferen Sinn seines Leidens zu ergründen und ob er die Strafe verdiente, die Gott ihm durch die Hand der Russen auferlegt hatte.

Seiner Meinung nach hatte er bereits alle vergangenen, gegenwärtigen und zukünftigen Sünden abgegolten, indem er monatelang in einem chinesischen Gefängnis für ein Verbrechen dahinvegetiert hatte, das er nicht begangen hatte. Innerlich schnaubte er höhnisch. Es war eine absurde Ironie des Schicksals, dass die einzige Person, die ihm damals geholfen hatte, ausgerechnet eine Jüdin gewesen war.

Eine Jüdin, die Mitleid mit einem Nazi hatte.

Er fragte sich, was wohl aus ihr geworden war. Hatte sie den Krieg überlebt? Lebte sie noch immer in Shanghai? Er würde es vermutlich nie erfahren, aber zur Sicherheit schickte er ein kurzes Gebet gen Himmel und bat darum, dass es ihr gut ging.

Mehrere Wochen vergingen. Der Frühling kehrte ein und mit ihm wärmere Temperaturen, doch eine lähmende Verzweiflung machte sich unter den Gefangenen breit. Mehrere Dutzend starben jede Nacht. Am Morgen wurden die Leichen auf Handkarren geworfen, um sie in die Massengräber am Rand des Lagers zu kippen. Doch jeden Tag ersetzten mehr Neuzugänge die verstorbenen Kameraden und das Lager platzte aus allen Nähten.

„Zum Appell aufstellen!", hallte der Befehl durch die Lautsprecher.

Johann hasste den Appell, denn dabei kam nie etwas Gutes heraus. Abgesehen davon, dass sie stundenlang reglos dastehen mussten, wählten die Russen üblicherweise *Freiwillige* aus, für welche Aufgaben auch immer gerade anstanden. Manchmal boten sie dafür extra Rationen an, doch meistens bedeutete es schlichtweg mehr Arbeit.

„Was ist denn los?", fragte Helmut, während sie sich aufstellten.

„Es gibt Gerüchte über einen Transfer", sagte Gerd, der fließend Russisch sprach und daher meistens gut informiert war.

„Transfer? Irgendwohin, wo es mehr Platz gibt? Mehr Essen? Eine Waschmöglichkeit?", fragte Johann hoffnungsvoll.

„Mach dir keine Hoffnungen", antwortete Gerd.

Die sowjetischen Wachen schritten die Reihen ab und befahlen Gruppen von jeweils vierzig Männern, zum Ausgang zu marschieren. Wie üblich gaben sie keine Erklärungen und niemand wagte zu fragen. Selbst wenn die Russen freundlich gestimmt waren, war die Kommunikation durch den Mangel an Sprachkenntnissen auf beiden Seiten stark eingeschränkt.

Als einer der freundlicheren Wachmänner auf ihre Gruppe zukam und die Männer von eins bis vierzig abzählte, stieß Johann Gerd mit dem Ellbogen an und flüsterte: „Los. Frag."

Gerd nahm all seinen Mut zusammen und sagte etwas auf Russisch. Der Wachmann schaute überrascht auf, als er in seiner Muttersprache angesprochen wurde. Eine kurze Unterhaltung folgte, ehe die Gruppe abgeführt wurde.

Johann starb beinahe vor Neugierde. „Was hat er gesagt?"

„Wir werden in ein anderes Lager gebracht. An einen besseren Ort. In Mütterchen Russland."

„Das klingt vielversprechend", sagte Helmut. Wie immer, war er der Vorzeigeoptimist, der sich weigerte, sich von den harten Bedingungen unterkriegen zu lassen, und immer auf das Beste hoffte.

„Ich glaube denen kein einziges Wort und das solltest du auch nicht tun", sagte Gerd und beeilte sich, den Anschluss an den Mann vor ihm nicht zu verlieren, als sie aus dem Lager marschierten.

Nach etwa einer Stunde kamen sie an einem Bahnhof an. Ein endloser Güterzug mit Dutzenden über Dutzenden von Viehwaggons stand auf den Schienen und wartete. Die Lokomotive stieß dicke Dampfwolken in den Himmel, als ob sie eine überdimensionale Zigarette rauchte. Johann rauchte nur gelegentlich, aber jetzt sehnte er sich nach einem Stummel im Mund.

Gruppen von Gefangenen wurden in die Viehwaggons geschoben und sobald die ersten Waggons gefüllt und verschlossen waren, bewegte sich die Lokomotive vorwärts. Ein weiteres Dutzend Wagen lief in den Bahnhof ein, öffnete die leeren Bäuche und verschluckte einen weiteren Haufen elender Kriegsgefangener.

Die ganze Szene erschien so unwirklich und Johann hätte gelacht, wäre es nicht so grässlich gewesen. Er wollte auf keinen Fall seinen Fuß in einen Zug Richtung Russland setzen, doch jede Art von Widerstand war zwecklos. Seine einzige Möglichkeit, in Plonsk zu bleiben, war als Leiche.

Er drängte sich dicht an Gerd und Helmut, während er in den Waggon stieg, und hoffte, dass ihm die Nähe der Kameraden einen kleinen Trost spendete. Innen war es unglaublich eng. Einige der Männer fingen an, laut zu brüllen, als die Türen geschlossen wurden und sich Dunkelheit über sie legte.

„Was glaubst du, wie lange das dauern wird?", fragte Johann.

„Sicher nicht mehr als ein paar Stunden", antwortete Helmut.

Johann konnte den Gesichtsausdruck seines Freundes nicht sehen, aber seine Stimme war so ruhig und gefasst wie immer. Er klammerte sich an die Worte und hoffte, dass Helmut recht hatte.

Der Platz reichte nicht, um sich zu setzen oder zu legen, und aufgrund der mangelnden Belüftung wurde die Luft bald stickig und unerträglich heiß. Zum Glück hatte Gerd ihnen in weiser Voraussicht einen Platz an der Außenwand gesichert. So traf wenigstens immer dann eine kühlende Brise frische Luft ihre Nasen, wenn der Zug sich in Bewegung setzte, um neue Gefangene einzuladen. Nach endlosen Stunden des Wartens verließ der Zug endlich Plonsk und bewegte sich schnaufend und stampfend ostwärts durch die polnische Ebene.

Die Nacht brach herein, die Morgendämmerung folgte und noch immer bewegte sich der Zug quälend langsam weiter. Hin und wieder hielt er ohne erkennbaren Grund an und wartete. In Anbetracht des desolaten Zustands des Landes wurden die Stopps wahrscheinlich durch Schäden an den Schienen oder andere Hindernisse verursacht.

Wahnsinnig vor Durst und mit Krämpfen in den Beinen wünschte sich Johann beinahe, die Sowjets hätten ihn wieder auf einen Marsch gezwungen.

„Der hier ist tot", sagte jemand.

„Bist du dir sicher?"

„Verdammt sicher – da lehnt eine beschissene Leiche an meiner Schulter."

„Lass ihn umfallen", schlug ein anderer vor.

„Und wie genau soll ich das anstellen?", fragte der Erste verächtlich. „Wir sind wie Sardinen in der Büchse."

Ein kurzes Gespräch entspann sich. Dann übernahm ein Kamerad die Koordination der anderen. Auf seinen Befehl hin lehnten sich alle in eine Richtung und die Leiche fiel zu Boden. Je mehr Männer starben, desto mehr Platz hatten die Überlebenden und konnten sich endlich niederlassen – auf den Toten. Nach drei Tagen und drei Nächten hielt der Zug an und die Türen gingen auf. Diejenigen, die am nächsten standen, fielen heraus.

Johann blinzelte in das gleißende Sonnenlicht.

„Raus! Raus!", schrien die Wachen und etwa dreißig Männer stolperten aus dem Waggon.

Johann erspähte ein Fass und zerrte Helmut und Gerd mit sich in der Hoffnung, darin Wasser zu finden. Es roch abgestanden und faulig, aber nach drei Tagen ohne einen einzigen Tropfen

Flüssigkeit war ihm das egal. Er schöpfte das Wasser mit den Händen und trank gierig, bis er weggeschubst wurde.

Jemand verteilte Brot an die Gefangenen. Er ließ sich zu Boden fallen und kaute an dem harten Schwarzbrot.

„Es ist ein wunderschöner Tag", sagte Helmut, während er sein Gesicht in die Frühlingssonne hielt.

Johann starrte ihn entgeistert an. „Wie kannst du so … zufrieden sein? Wir haben diese grauenvolle Fahrt nur knapp überlebt."

Helmut zuckte mit den Schultern. „Aber jetzt liegen wir in der Sonne mit einem Stück Brot in der Hand. Es ist herrlich warm und die Vögel zwitschern."

„Du bist total verrückt", murmelte Johann. „Wo sind wir überhaupt?"

Gerd sah sich um und entzifferte die kyrillischen Buchstaben auf dem halb zerstörten Bahnhofsgebäude. „Brest-Litowsk. Ich vermute, deswegen haben sie uns rausgelassen."

Johann dachte scharf nach und erinnerte sich schließlich daran, dass die russische Bahn breitere Schienen verwendete als der Rest Europas. Brest-Litowsk war die Grenzstadt zwischen Polen und Weißrussland, wo die beiden Systeme aufeinandertrafen.

Da die Russen vermutlich nicht über moderne Umspurwerkzeuge für die Viehwaggons verfügten, mussten sie die Gefangenen in andere Züge verladen. Ein eiskalter Schauer lief ihm über den Rücken, als er realisierte, dass ihm eine weitere furchtbare Fahrt bevorstand.

Doch dann entschied er sich, es Helmut gleichzutun und sich nicht so viele Sorgen zu machen. Stattdessen genoss er sein Brot und den Sonnenschein.

Ein Blick zurück zu dem langen Zug, der immer noch Gefangene auf den Bahnsteig ausspuckte, zeigte ihm, dass einige Männer damit beauftragt worden waren, die Leichen aufzuschichten und die Waggons von Exkrementen und anderen menschlichen Überresten zu reinigen.

Es schien, dass Helmut recht hatte. Man konnte in allem etwas

Gutes finden. Zumindest waren sie dieser widerwärtigen Aufgabe entgangen.

Er musste eingedöst sein, denn Rufe schreckten ihn auf. Blinzelnd erkannte er, dass die Gefangenen sich wieder einmal registrieren mussten. Mühsam kämpfte er sich auf die Füße und nahm seinen Platz in der Reihe ein. Die seltsame Vorliebe der Sowjets, alles in Listen zu schreiben und diese dann nie mehr zu verwenden, sondern stattdessen neue Listen mit den gleichen Informationen anzufertigen, würde er nie verstehen.

„Sie fragen nach Berufen. Warum wohl?", bemerkte Helmut, als die Sowjets die Gefangenen in Gruppen einteilten.

„Wer weiß?", sagte Gerd. „Ich verstehe zwar ihre Sprache, aber ich habe nicht die leiseste Ahnung, was in deren Köpfen vorgeht."

„Ich vermute, sie brauchen für irgendwelche Arbeiten ausgebildete Leute", sagte Helmut.

„Zu dumm, dass ich nie etwas anderes gelernt habe als das Kriegshandwerk", murmelte Johann.

„Ich bin Zimmermann", sagte Gerd.

„Und ich Schlossermeister. Sag ihnen, dass du auch einer bist, wenn sie fragen", bot Helmut an.

Johann starrte seinen Freund an. „Ich habe davon keine Ahnung."

„Ich bring dir bei, was du wissen musst. Es ist nicht so schwer."

Als Johann an der Reihe war, tat er, was Helmut gesagt hatte, und zu seiner großen Überraschung funktionierte es. Er wurde in eine Gruppe mit Schlossern, Zimmerleuten, Maurern und Elektrikern gesteckt, während Bauern, Bäcker und Schlachter in eine zweite Gruppe kamen. Nach einem undurchschaubaren Konzept wurden auch eine dritte und vierte Gruppe gebildet.

Als die Nacht hereinbrach, kamen Züge auf den breiten Schienensträngen an und eine Gruppe Gefangener nach der anderen wurde in die Waggons gepfercht. Kurz darauf hörte Johann, wie die Lokomotive startete. Die Räder ratterten, während sie allmählich Fahrt aufnahmen.

Diesmal waren die Waggons etwas weniger vollgestopft und in

der Mitte stand ein riesiges Wasserfass. Ein weitaus kleinerer Eimer stand in einer Ecke, um sich zu erleichtern.

In einer Wand prangte ein winziges Fenster, durch das sie während der langen Fahrt ihre toten Kameraden entsorgten. Johann zuckte jedes Mal zusammen, wenn der Aufprall einer Leiche ertönte, die draußen auf dem Schotter aufschlug. Manchmal geriet ein Körper unter die Räder des Zugs, und das folgende Rumpeln sandte ein Schaudern durch Johann.

Als die Russen die ungewöhnlichen Begräbnisse bemerkten, nagelten sie das Fenster mit einer Holzplanke zu. Jetzt blieben die Toten im Waggon, verpesteten die Luft mit ihrem modrigen Gestank und starrten ihre lebenden Kameraden mit leeren Augen an. Alle ein bis zwei Tage hielt der Zug an. Die Leichen wurden entsorgt, der Eimer ausgeleert und das Wasserfass gefüllt. Manchmal wurden auch Brotlaibe hereingeworfen.

Eine Woche verging und dann eine zweite. Der Viehwaggon war inzwischen angenehm leer und das Wasserfass reichte tatsächlich den ganzen Tag. Als die dritte Woche anbrach, war Johann sicher, dass er diesen verdammten Zug nie wieder verlassen würde. Die Temperatur stieg tagsüber zu einer drückenden Hitze, nur um nachts unter den Gefrierpunkt zu fallen. Der Gestank war ekelerregend.

„Wir haben wieder angehalten", murmelte Johann Helmut zu, der neben ihm an der Bretterwand lehnte.

Er lauschte auf Schritte und blinzelte hastig, als die Türen aufgeschoben wurden und einige Sekunden später sowjetische Soldaten den Befehl zum Aussteigen gaben.

„Sieht aus, als wären wir angekommen", sagte Johann leise.

„Ich glaub nicht, dass ich laufen kann", antwortete Helmut.

Johann legte den Arm um Helmuts Hüften und gemeinsam stolperten sie auf wackeligen Beinen aus dem Waggon. Er hatte keine Ahnung, wo sie waren, aber es war vermutlich auch egal. Seine einzige Hoffnung war, dass es sich nicht um Sibirien handelte, denn über diesen gottverlassenen Ort hatte er schon die furchtbarsten Dinge gehört.

„Kein Eis, das ist schon mal gut", sagte Helmut, der scheinbar die gleichen Gedanken hegte. „Ich habe gehört, in Sibirien haben sie das ganze Jahr über Eis."

Gerd wankte hinter ihnen her und sagte mit brüchiger Stimme: „Das ist stark übertrieben. Es gibt etwa sechs Wochen Sommer in Sibirien."

Normalerweise hätte Johann irgendeinen Witz gerissen, aber im Moment war er zu erschöpft, um die nötigen Worte auszusprechen oder auch nur zu denken. Er konzentrierte sich darauf, seine Beine zum Gehorsam zu zwingen. Die Wachen hatten es eilig, die Gefangenen vom Bahnhof weg an ihren Bestimmungsort zu bringen, und trieben sie erbarmungslos vorwärts.

„Wo sind wir?", raunte Johann, bekam aber keine Antwort. Etwa eine Stunde später erreichten sie ein Kriegsgefangenenlager. Nach einer weiteren Registrierung erklärten die Altgefangenen, die teilweise bereits seit 1942 dort waren, den Neuankömmlingen das Wichtigste.

„Willkommen in Woronesch", sagte der Barackenälteste Karsten.

Karsten sah älter aus als Johanns Großvater, aber es stellte sich heraus, dass er kaum über dreißig war. Er war schockiert über den Anblick des ausgemergelten Mannes, aber Helmut sagte erleichtert: „Also ist es möglich, drei Jahre in russischer Gefangenschaft zu überleben."

„Ich hoffe wirklich, dass wir nicht so lange hier sein werden", flüsterte Johann.

Die Baracken hatten zwar Fensterrahmen, aber kein Glas. Um Wind und Wetter sowie Insekten draußen zu halten, hatten die Altgefangenen die Öffnungen mit Papier, Lumpen und Holzstücken verbarrikadiert.

Als Johann sein neues Zuhause betrat, lief ihm ein Schauer über den Rücken. Er hatte in der letzten Zeit schon viel Deprimierendes gesehen, aber das hier war eine ganz eigene Kategorie.

Die Hütten waren auf beiden Seiten mit schmalen Etagenbetten ausgestattet, zwischen denen sich ein enger Gang befand. Er schätzte, dass dreihundert Männer in das Gebäude gepfercht waren. Als die Tür hinter ihm ins Schloss fiel, wurde das Innere in beinahe vollständige Dunkelheit getaucht. Mit einem Mal wünschte er sich, er wäre im Krieg gefallen.

Karsten wies den Neuankömmlingen Betten zu. Er entblößte seine fauligen Zähne mit einem entschuldigenden Lächeln und sagte: „Tut mir leid, ihr werdet euch ein Bett teilen müssen, zumindest für heute Nacht."

Helmut stieß Johann an und steuerte auf eins der wenigen Betten zu, die mit einer Matratze ausgestattet waren, doch er wurde von einem Altgefangenen zurückgehalten.

„Nein, mein Junge, die muss man sich verdienen. Du fängst da hinten an." Er zeigte ans andere Ende der Baracke, wo die Betten weder eine Matratze noch eine Decke hatten.

Ein weiterer Schauer lief über Johanns Rücken und er war dankbar für seinen Mantel – und die Aussicht, mit Helmut etwas Körperwärme zu teilen. Es war April und während die Tage heiß werden konnten, waren die Nächte noch immer frostig.

Das Abendessen war eine traurige Angelegenheit. Es bestand aus einer Kelle voll wässriger Suppe und einem Stück Schwarzbrot.

„Was ist das?", fragte Helmut und zog sich ein welkes, grünliches Blatt aus dem Mund.

„Brennnessel", sagte Karsten. „Iss es, das ist gesund."

Gesund? Johann runzelte die Stirn, beschloss dann aber, dass es besser war als nichts. Die Pflanze enthielt womöglich ein paar dringend benötigte Nährstoffe. Obwohl er ein herzhaftes Stück Fleisch vorgezogen hätte.

Beim Gedanken daran zog sich sein Magen heftig zusammen und protestierte gegen das leere Versprechen. Seit dem Tag seiner Gefangennahme vor Monaten hatte er kein Fleisch mehr gesehen, geschweige denn gegessen.

„Welcher Tag ist heute?", fragte er, denn auf der endlosen Fahrt hatte er jegliches Zeitgefühl verloren.

„Arbeitstag."

„Wie jeden Tag."

„Ein guter Tag, um zu sterben."

Er starrte die Altgefangenen an und hegte Zweifel an ihrem Geisteszustand. Wie lang würde es wohl dauern, bis er in einen ebenso erbärmlichen Zustand verfiel? Er biss die Zähne zusammen und schob das Selbstmitleid sowie die Trostlosigkeit beiseite, die ihn zu verschlingen drohten.

Die Nacht war kalt und kurz, aber immerhin eine Verbesserung gegenüber dem Viehwaggon. Sein erster Morgen im neuen Lager begann mit dem Weckruf um halb fünf. Er rieb sich die müden Augen und fing an, seinen juckenden Körper zu kratzen.

„Bettwanzen", sagte Karsten. „An die gewöhnt man sich nie."

Na toll. Noch eine Annehmlichkeit, über die man sich freuen kann. Aus Gewohnheit hatte er in seiner Kleidung geschlafen und sprang aus dem Etagenbett, hungrig wie ein Wolf.

Dummerweise gab es kein Essen – nur Arbeit. Zuerst mussten sie sich vor ihren Betten aufstellen und darauf warten, dass die Russen sie durchzählten. Die Toten wurden zu den Lebenden addiert und die Summe musste der Zahl auf einer Liste entsprechen. Gott sei Dank war dies der Fall.

Danach wurde den Neuankömmlingen befohlen, die Kameraden wegzuschaffen, die in der Nacht gestorben waren. Sechzehn insgesamt. Johann konnte nur entsetzt den Kopf schütteln, aber alle anderen schienen das für normal zu halten.

„Im Winter hatten wir oft fünfzig Tote pro Nacht", sagte Karsten. „Der Frühling hat wirklich geholfen."

Nachdem diese grausige Aufgabe erledigt war, packte Helmut Johanns Ellbogen und führte ihn zu zwei Betten, die keine Besitzer mehr hatten. „Mir wurde gesagt, wir können die hier haben. Willst du nach oben oder unten?"

„Mir egal." Johann wollte nur noch schreien, so trostlos war die Situation. Er klammerte sich mit aller Kraft an die Hoffnung, dass der Krieg bald endete und sie nach Hause geschickt würden. Ein paar Monate konnte er sich bestimmt an dieses Ding klammern, das man *Leben* nannte.

Die Männer gingen nach draußen zu einer Reihe von Eimern, die am Zaun aufgestapelt waren.

„Was machen wir?", fragte Johann.

„Wasser aus dem Fluss holen." Einer der Altgefangenen bückte sich und nahm in jede Hand einen Eimer. „Beeil dich lieber, sonst gibt es kein Frühstück."

Seine Worte machten Johanns leerem Magen Angst, sodass er sich schnell zwei Eimer schnappte und dem Mann zum Ausgang folgte.

„Wir dürfen das Lager verlassen?", flüsterte Gerd mit Hoffnung in der Stimme.

Niemand hielt es für nötig, ihm zu antworten. Die Kolonne marschierte im Dunkeln zum Fluss, begleitet von mehreren bewaffneten Wachleuten. Johann blickte sehnsuchtsvoll auf das fließende Wasser. Es wäre so schön, ein Bad zu nehmen und die Dreckschichten auf seiner Haut abzuschrubben. Doch er kam noch nicht einmal in die Nähe des Flusses. Die Kolonne hielt an und die Gefangenen bildeten eine Eimerkette: die leeren zum Fluss, die vollen wieder zurück, bis jeder zwei volle und schwere Eimer in den Händen hielt.

Ein Pfiff gab das Signal zum Umkehren und sie trotteten zum Lager zurück. Die schweren Eimer zu schleppen, verlangte Johann jedes letzte bisschen Kraft ab, das er noch übrighatte, bis er heftig schnaufend, mit schmerzenden Armen, Schultern und Rücken im Lager ankam. Dort warteten bereits einige der Altgefangenen.

Erst jetzt fielen ihm der resignierte Ausdruck in ihren Augen und ihr schlurfender Gang auf. Diese Männer schienen nur noch leere Hüllen zu sein, ohne eine menschliche Seele im Innern. Schnell wandte er sich ab, denn dieser Blick in seine eigene Zukunft machte ihm Angst.

Jeder Mann erhielt eine Blechtasse voll Wasser. Der Rest wurde für das Mittag- und Abendessen verwendet: eine dünne Brennnesselsuppe. Wer Glück hatte, fand sogar ein Stück Kartoffel am Boden seiner Schüssel, aber meistens war es nur klare Brühe.

Das Frühstück bestand aus einem Stück Schwarzbrot. Es war ganz anders als das, was er von zu Hause kannte. Hart, aber feucht. Das russische Wort dafür war *khleb*, aber die Gefangenen nannten es Klebe, weil es so schmierig wie Seife war und haften blieb, wenn man es gegen die Wand warf.

Das Brot klebte auch am Gaumen, besonders wenn man es ohne Wasser aß. Doch wenn man lang genug darauf herumkaute, wurde es weich und süß.

„Ein Geschenk Gottes", sagte Helmut, der an diesem Morgen ungewöhnlich schweigsam war.

Johann hatte nicht genug Energie, um ein Gespräch zu führen, also nickte er nur. Die wenige Kraft einzuteilen, die er noch besaß, war zu seiner Hauptsorge geworden. Das Frühstück dauerte etwa fünf Minuten, dann stellten sich alle auf, um dem Küchenpersonal das Geschirr zu reichen.

„Wenn du überleben willst, arbeite in der Küche", murmelte der Mann hinter ihm.

Johann schaute hoch. Der Küchengefangene war beileibe nicht fett, aber im Gegensatz zum Rest sah er wenigstens nicht aus wie ein wandelndes Skelett. Er fragte sich, was man tun musste, um in der Küche eingeteilt zu werden, oder ob es einfach glücklicher Zufall war.

Da die Russen die Gefangenen in Brest-Litowsk in Berufsgruppen eingeteilt hatten, erwartete er, dass diese Informationen irgendwie genutzt werden würden. Doch bei der Registrierung gestern hatte niemand nach dem Beruf gefragt. Jeder Altgefangene schloss sich einer Arbeitseinheit an, während die Neuankömmlinge im Innenhof warten mussten.

KAPITEL 5

Dunst lag über den Feldern, als die Sonne langsam über den Horizont stieg, wodurch das Lager und seine Umgebung in ein unwirkliches Licht getaucht wurden. Johann entdeckte Gerd in der wartenden Menge und ging zu ihm.

„Hallo", grüßte Johann. Viel mehr gab es nicht zu sagen. *Schön, dass du noch lebst. Ist deine Baracke so scheußlich wie unsere? Hast du gut geschlafen?*

„Hallo", antwortete Gerd und sah ihn aus blutunterlaufenen Augen an. Sein Gesicht und Nacken waren mit roten Stichen übersät. Bei der Erinnerung an die juckenden Stiche berührte Johann unwillkürlich seinen eigenen Nacken.

„Weiß jemand, was jetzt passiert?", fragte ein weiterer Neuankömmling.

„Nein." Der sonst so gut informierte Gerd schüttelte den Kopf. „Stumm wie Fische, diese Russen."

Als ob er ihm widersprechen wollte, brüllte ein Wachmann: „In einer Reihe aufstellen!"

Helmut grinste schief. „Wenigstens wissen wir, wie man sich in einer Reihe aufstellt."

Eine riesige Anzahl von Männern reihte sich ordentlich in

langen Schlangen auf, die von einer Seite des Appellplatzes bis zur anderen reichten. Als alle standen, mussten sie einige Zeit warten, bis der nächste Befehl gegeben wurde.

„Nackt ausziehen."

Johann traute seinen Ohren nicht und zögerte einen Moment zu lange. Kurz darauf stieß ihm ein Gewehrkolben in den Rücken, begleitet von einem Befehl, den er nicht verstand.

Rechts und links zogen seine Kameraden ihre Kleidung aus und legten sie ordentlich gefaltet auf einen Stapel zu ihren Füßen ab. Er schluckte und tat es ihnen gleich. Es war mehr als peinlich, mit mehreren hundert nackten Männern in einer Reihe zu stehen, während ein paar Wachen mit ihren Waffen im Anschlag sie mit Argusaugen beobachteten.

Das Gefühl verstärkte sich, als etwa eine halbe Stunde später ein Militärfahrzeug durch das Tor gerast kam und einige Meter vor der ersten Reihe von Gefangenen zum Stehen kam. Eine Frau in einem weißen Kittel stieg vom Beifahrersitz und trotz der kalten Luft spürte Johann, wie ihm die Schamesröte in die erhitzten Wangen stieg.

„Das ist eine Frau", flüsterte Helmut überflüssigerweise.

Sie hatten seit Monaten keine Frau mehr aus der Nähe gesehen und die erste Begegnung musste ausgerechnet eine Ärztin sein, die vor ihnen herumstolzierte, während sie vollkommen nackt strammstanden. Um sein Unbehagen noch zu vergrößern, war sie auch noch jung und hübsch.

Er starrte stur geradeaus und versuchte, seinen unbekleideten Zustand zu vergessen, während sie die Reihen abschritt und jeden Gefangenen inspizierte. Das funktionierte, bis sie direkt vor ihm stand. Ihr hübsches Gesicht mit den hohen Wangenknochen und den dunklen Augen war direkt vor seinem.

„Name?"

„Johann Hauser." Er senkte den Blick, biss die Zähne zusammen und vermied es, sie anzusehen.

„Hochschauen." Sie fand seinen Namen auf einer Liste und

hakte ihn ab. Dann prüfte sie seine Augen und seine Ohren. „Mund auf." Sie steckte ihre schlanken Finger hinein und betastete die Innenseite seiner Wangen. Er kämpfte gegen den überwältigenden Drang an, ihr auf die Finger zu beißen, damit sie aufhörte.

Natürlich würde ihn das nur in Schwierigkeiten bringen, also starrte er geradeaus und tat so, als wäre er woanders. Als ihre Finger seinen Mund verließen, wollte er schon vor Erleichterung zusammensacken, aber die Untersuchung war noch nicht vorbei.

Nachdem sie einige Notizen in kyrillischen Buchstaben auf ihrer Liste gemacht hatte, reichte sie das Klemmbrett an einen der Wachmänner weiter und drückte Johanns Bizeps kräftig zusammen. Er hätte beinahe aufgeschrien. Als sie zufrieden schien, nicht fester zudrücken zu können, sagte sie etwas auf Russisch und der Wachmann kritzelte etwas auf die Liste.

Johanns Verlegenheit steigerte sich ins Unermessliche, als sie mit den Händen über seine Brust, den Bauch und die Oberschenkel fuhr und die Muskeln dort genauso zusammendrückte wie seinen Bizeps.

Der Wachmann neben ihr war damit beschäftigt, alles aufzuschreiben, was sie ihm diktierte. Johann verstand kein einziges Wort. Es war ihm egal. Er wollte nur, dass sie weiterging und sich ihrem nächsten Opfer zuwandte.

„Umdrehen", sagte sie. Ihr Deutsch war erstaunlich gut. Man hörte nur eine Spur der harten Aussprache, die russische Muttersprachler üblicherweise hatten.

Um seine Erniedrigung auszublenden, überlegte Johann, wo sie wohl Deutsch gelernt hatte. War sie in Deutschland gewesen? Vielleicht vor dem Krieg? Dafür schien sie zu jung zu sein … Ein Stöhnen entschlüpfte ihm, als sie seine beiden Arschbacken packte und fest zukniff.

„Gut." Sie schien ausgesprochen erfreut zu sein. „Umdrehen. Sie sind zwei."

Verblüfft nickte er, unsicher, was gerade passiert war. Gott sei

Dank ging sie zum Nächsten in der Reihe und sobald sie außer Hörweite war, flüsterte Johann: „Was sollte das denn?"

„Keine Ahnung", erwiderte Helmut.

Gerd hatte allerdings die Unterhaltung zwischen der Ärztin und dem Wachmann mit angehört und erklärte: „Scheinbar ist diese Untersuchung eine Art Klassifizierung. Sie bewertet wie viel Fett- und Muskelgewebe wir noch haben und danach teilt sie uns in vier Kategorien ein."

„Wie Rinder nach Gewicht?" Falls Johann sich noch erniedrigter fühlen konnte als während der Untersuchung, dann jetzt.

„So ungefähr. Sie verwenden vier Zahlen. Eins und zwei bedeutet brauchbar für Schwerstarbeit. Drei kann nur leichte Arbeiten verrichten. Vier ist zu krank, um zu arbeiten, und wird ins Lazarett gebracht."

„Verstehe." Johann war sich nicht sicher, ob er froh darüber sein sollte, in so guter Verfassung zu sein.

~

Die Gefangenen der Kategorien eins und zwei wurden scheinbar wahllos in Gruppen von je fünfzig aufgeteilt. Gerd war in Johanns Gruppe, aber Helmut wurde einer anderen zugewiesen.

Johann spürte einen Stich im Herzen. Ohne seinen Freund fühlte er sich so … einsam. Solch ein Gedanke war zwar absurd, da er nie wirklich allein war, nicht einmal auf der Latrine, doch konnte Johann die Leere nicht aus seiner Seele vertreiben. Schließlich folgte er dem rumänischen Vorarbeiter zum Ausgang des Lagers.

Sein Arbeitskommando stapfte etwa drei Kilometer zum Arbeitsplatz: einem staubigen Steinbruch. Johann hätte am liebsten geweint, als er seine schuftenden Kameraden sah. Mit nichts als rostigen Schaufeln und Stangen gruben sie große Steine aus und luden sie auf Handkarren, die von anderen Gefangenen zu einer anderthalb Kilometer entfernten Baustelle geschleift wurden.

Johann wurde der Einheit zugeteilt, die die Steine auflud. Es dauerte nicht lange, bis jeder Muskel in seinem ausgemergelten Körper gegen die Knochenarbeit rebellierte. Seine Hände waren aufgeschürft und blutig und er zuckte jedes Mal zusammen, wenn er einen weiteren Stein hochwuchtete.

Nach mehreren Stunden Arbeit konnte er sich kaum noch aufrecht halten und selbst die Strecke mit leeren Händen vom Karren zurück zum Steinbruch wurde zur Qual. Als er einen weiteren Stein packte, gehorchten ihm seine Beine nicht mehr und er sackte zu Boden. Die russischen Wachen waren schnell zur Stelle, schlugen wütend auf ihn ein und brüllten: *„Dawai, dawai“*.

Auch ohne russische Sprachkenntnisse verstand Johann, was das bedeutete: schnell, schnell. Er wusste auch, was geschähe, wenn er nicht sofort aufstand, denn er hatte es schon viele Male mitangesehen.

Ein Bild von Lotte erschien vor ihm. Sie winkte ihm zu und beschwor ihn, nicht aufzugeben, weil sie auf seine Rückkehr wartete. Ihr süßes Lächeln setzte verborgene Energiereserven in ihm frei und er stolperte irgendwie auf die Füße, packte den vermaledeiten Stein mit beiden Händen und schleppte ihn hinüber zum Karren. Auf dem Weg zurück hätte er geweint, wenn er noch einen einzigen Tropfen Flüssigkeit in seinem ausgetrockneten und staubigen Körper gehabt hätte.

Die Sonne hatte den Höchststand erreicht und Johann fragte sich, wann sie eine Pause machen durften. Doch nichts geschah. Mittlerweile übertönte sein knurrender Magen alle anderen Geräusche. Es war schlimm genug, immerzu Hunger zu haben, während man untätig im Lager herumsaß oder mit krampfenden Beinen in einem Viehwaggon stand – aber wenn man wie ein Ochse schuftete?

Er absolvierte eine weitere Runde zum Handkarren, als er Karsten vom anderen Ende des Steinbruchs her kommen sah.

Johann nickte ihm müde zu. „Wie lange noch, bis wir eine Pause bekommen?“

„Keine Pause und kein Essen, bis unsere Schicht um drei Uhr nachmittags endet."

Johann fiel beinahe in Ohnmacht.

„Du musst deine Kräfte einteilen." Karsten zeigte ihm, wie er langsam genug arbeiten konnte, dass es erträglich wurde, aber stetig genug, um nicht den Zorn der Wachen auf sich zu lenken. Er brachte ihm auch den schlurfenden Gang bei, den sich die Altgefangenen angewöhnt hatten, um so wenig Energie wie möglich zu verbrauchen.

Anfangs fühlte es sich unnatürlich an, als ob die Zeit langsamer verging. Doch zu Johanns großer Überraschung hatte Karsten recht. Die Arbeit war zwar noch immer mörderisch, aber das Schneckentempo machte sie erträglich. Der geschlurfte Rückweg mit leeren Händen verschaffte seinem Körper ein bisschen Erholung, sodass er die nächste Runde angehen konnte.

Er lernte auch, drei zusätzliche Schritte zu machen und seine Last auf der Schattenseite des Karrens abzuladen, wobei er den Kopf ein paar Minuten aus der brennenden Nachmittagssonne bekam. Das machte einen gewaltigen Unterschied.

Um drei Uhr war Johann mehr tot als lebendig und schwankte auf erschöpften Beinen, doch der Tag war noch nicht vorüber. Er trottete gemeinsam mit dem Rest der müden Männer die endlosen Kilometer zurück zum Lager, wo er sich einfach auf den Boden warf. Er war sogar zu entkräftet, um sich für das Abendessen in die Schlange zu stellen. Wenn Helmut nicht gewesen wäre, der erstaunlich frisch aussah, hätte Johann an diesem Tag nichts gegessen.

„Hier, bitte sehr." Helmut reichte ihm eine Schüssel Suppe. Nachdem er Johann ins Gesicht geschaut hatte, fügte er hinzu: „Ich werde nicht fragen, wie dein Tag war."

Johann antwortete nicht. Er war zu sehr damit beschäftigt, seine Suppe und das dunkle Brot zu verspeisen. Nachdem er gegessen hatte, schlief er augenblicklich im Sitzen ein, bis ihn jemand an der Schulter rüttelte.

Es war einer der rumänischen Funktionshäftlinge. „Aufstehen, du Faulpelz! Es gibt Arbeit!"

Arbeit? Johann blinzelte mehrmals. *Ist denn schon wieder Morgen?* Nein, nach dem Sonnenstand zu urteilen, war es früher Abend. Arbeitskommandos wurden eingeteilt. Gelieferte Vorräte mussten vom Tor zur Küche getragen, Gemüse gepflanzt und vieles mehr erledigt werden.

Diesmal hatte Johann Glück. Er wurde zum Fegen der Baracken eingeteilt, eine vergleichsweise leichte Arbeit, die drinnen fernab der Rumänen und der brennenden Sonne stattfand. Er beäugte fortwährend die Betten und sehnte sich danach, sich einfach hinzulegen und weiterzuschlafen. Doch er widerstand, denn er konnte sich lebhaft vorstellen, was geschah, wenn ein Kapo ihn schlafend vorfand. Sein wunder Rücken schmerzte auch so schon genug, da konnte er gut auf zusätzliche Peitschenhiebe oder Knüppelschläge verzichten.

Nachdem die Hausarbeit erledigt war, hatten die Gefangenen endlich eine Stunde Freizeit. Diejenigen, die leichten Arbeitskommandos zugeteilt worden waren, hatten noch etwas Energie übrig. Sie versammelten sich, um eins der wenigen Bücher zu lesen, die noch nicht konfisziert worden waren, oder saßen beisammen und redeten über zu Hause, ihre Familien, Frauen und Liebsten.

Helmut versuchte, Johann zu überreden, mit ihm zu einer Bibelstudiengruppe zu gehen, doch er schüttelte den Kopf. Er wollte nur schlafen. Kaum war Helmut gegangen, suchte er sein neues Bett auf, das noch den Gestank seines Vorbesitzers verströmte, doch selbst das war ihm egal. Er wickelte sich in seinen Mantel und fiel in einen todesähnlichen Schlaf, bis die Nacht am nächsten Morgen um halb fünf mit dem Weckruf endete.

Ein weiterer Tag verging wie der vorige, jedoch ohne die erniedrigende Untersuchung.

Und noch einer … eine Woche nach der anderen.

KAPITEL 6

Eines Tages unterbrachen Neuigkeiten den langweiligen Alltag.

„Deutschland hat kapituliert! Der Krieg ist vorbei!", verkündeten die Wachen, als Johann an diesem Nachmittag von seinem Arbeitseinsatz zurückkehrte.

Sie mussten die Nachricht schon vor Stunden erhalten haben, denn die Russen und die meisten der Rumänen waren sturzbesoffen. Alkoholschwaden drifteten durch das Lager und die Wachleute konnten kaum ihre Waffen gerade halten.

Kurz dachte Johann an Flucht, doch ihm war die Sinnlosigkeit eines solchen Versuches bewusst. Selbst wenn er es schaffte, einem Wachmann die Waffe zu entreißen und damit zu türmen, war die endlose russische Steppe erbarmungslos. Ein Mann zu Fuß würde es niemals jenseits des fünfzig Kilometer Kordons schaffen, der das Lager umgab. Sicherlich würde er von Soldaten aufgegriffen und zu Brei geprügelt werden, ehe sie ihn zurückschleiften und als abschreckendes Beispiel für seine Kameraden aufknüpften.

Da die Wachleute zu betrunken waren, um die üblichen nachmittäglichen Arbeiten zu erzwingen, ruhten sich die Gefangenen aus. Sie redeten – wie immer – über die eine Sache, die sie Tag und Nacht beschäftigte: Heimkehr. Denn es war die Hoffnung auf eine Rückkehr in die Heimat, die sie trotz aller Widrigkeiten am Leben hielt.

„Wir haben es geschafft!", sagte jemand.

„Ich hätte nie gedacht, dass ich den Krieg überleben werde." Gerd produzierte etwas, das einem Lächeln ähnelte.

„Jetzt wird alles anders", sagte Helmut.

„Das ist so unwirklich. Ich fürchte, ich wache auf und stelle fest, dass ich träume", sagte Johann.

„Soll ich dich kneifen?"

„Nein danke." Johann erinnerte sich nur zu gut an die peinlichen Kniffe der russischen Ärztin.

Als der Abend bereits vorangeschritten war, nahm Gerd seinen Mut zusammen und fragte einen der betrunkenen Russen: „Was passiert mit uns, jetzt wo der Krieg vorbei ist?"

Der Soldat lachte, als wäre das der beste Witz, den er seit Jahren gehört hatte, schlug Gerd auf die Schulter und sagte: „*Voina kaput. Vsye domoi.*"

„Was hat er gesagt?", fragte Johann.

„Der Krieg ist vorbei. Alle gehen nach Hause."

„Das sind wirklich gute Nachrichten." Johanns Herz füllte sich mit Jubel. Er konnte es kaum erwarten, Lotte wiederzusehen. Sie musste krank sein vor Sorge um ihn, da es ihm nicht erlaubt worden war, ihr seinen Aufenthaltsort mitzuteilen. Träume davon, sie wieder in den Armen zu halten, sie zu heiraten und eine Familie zu gründen, erfüllten ihn.

In dieser Nacht schlief er mit einem Lächeln auf den Lippen.

Süße Heimat!

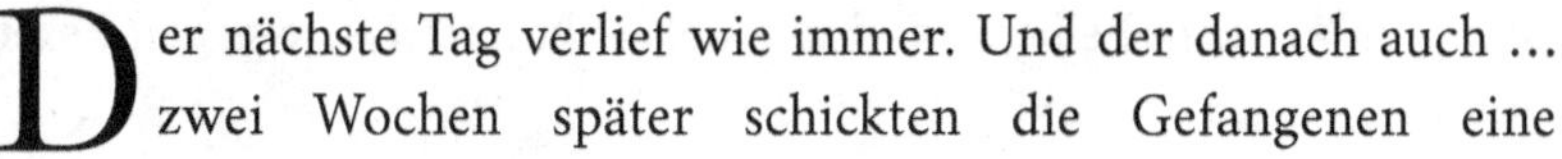

Der nächste Tag verlief wie immer. Und der danach auch … zwei Wochen später schickten die Gefangenen eine

Delegation zur Lagerverwaltung, um sich nach der versprochenen Entlassung zu erkundigen.

„Ihr werdet morgen entlassen", war die Antwort.

Doch dieser Morgen kam nie.

Johann begann, die Glaubwürdigkeit der russischen Versprechungen anzuzweifeln. Besseres Essen, weniger Arbeit, warme Bettdecken, Heimkehr … all diese Dinge wurden regelmäßig versprochen, aber nie eingehalten.

Wenigstens wurde er aus dem Steinbruch in die Sägemühle versetzt, wo die Arbeit deutlich weniger anstrengend war. Manchmal mussten sie Bäume aus dem Wald holen und er meldete sich immer freiwillig, weil er die Zeit im Wald genoss.

Die gefällten Bäume zur Sägemühle zu schleppen, hatte mehrere Vorteile: Unter anderem waren die russischen Wachleute viel zu faul, die Gefangenen zu begleiten, denn sie wussten, dass sie sowieso nicht fliehen konnten. Solange sie rechtzeitig zurückkamen, um die hungrigen Sägen zu füttern, trieb sie niemand mit Gebrüll und Schlägen an. Aber der wichtigste Vorteil war, dass sie die Möglichkeit hatten, Essen zu organisieren. Die Gefangenen suchten die Umgebung nach essbaren Pflanzen und Beeren ab, um ihre dürftigen Mahlzeiten damit zu ergänzen.

Eines Tages entdeckte ein Kamerad eine Häsin mit zwei Jungen. Johann reagierte instinktiv und warf einen Stein nach einem davon.

„Guter Wurf", sagte sein Kamerad voller Hochachtung. Gemeinsam gingen sie los, um das verwundete Tier zu holen. Johann brach ihm das Genick und versteckte es unter seinem Hemd. Das Tier würde ihm und seinen engsten Freunden heute Abend ein schönes Festessen bescheren.

Das weiche Fell lag geschmeidig an seinem Bauch und er wünschte, er hätte im vergangenen Winter Fellhandschuhe gehabt. Er erwartete zwar nicht, im nächsten Winter noch hier zu sein, aber wenn er aus dem Fell Handschuhe nähte, konnte er sie gegen Essen eintauschen.

Als der Sommer kam, wurden die Essensrationen aufgestockt.

Noch immer nicht genug, um den rasenden Hunger zu stillen, den er in jeder Minute jedes Tages verspürte, aber wenigstens verlor er nicht noch mehr Gewicht.

Dank des Gemüses, das sie im Lager angepflanzt hatten, erhielt jeder Gefangene eine Zwiebel und eine Tomate pro Woche, eine dringend benötigte Abwechslung der sonst so eintönigen Mahlzeiten.

„Ich glaubs nicht", sagte Johann und genoss die fast reife Tomate, die so groß war wie ein Tennisball.

„Das ist ein Geschenk des Himmels." Helmut schloss die Augen und seufzte. Er war furchtbar abgemagert und Johann vermutete, dass er selbst nicht besser aussah.

„Ich erinnere mich daran, dass ich wie ein Maultier für dieses Geschenk geschuftet habe."

„Gott versorgt die, die nicht faul herumsitzen."

„Hast du eigentlich auf alles eine Antwort?", fragte Johann und beantwortete die Frage selbst: „Ja, hast du. Ich habe keine Ahnung, wie du immer noch an einen gerechten Gott glauben kannst, wenn er uns in diesem Höllenloch verrotten lässt."

„Seine Wege sind unergründlich. Aber wenn ich nicht glauben würde, dass mein Leiden eine tiefere Bedeutung hat, hätte ich morgens nicht die Kraft aufzustehen." Helmut öffnete die Augen und Johann erhaschte einen flüchtigen Blick auf die abgrundtiefe Verzweiflung darin.

„Ich hatte ja keine Ahnung …", murmelte er. Er hatte seinen Freund immer aufgezogen mit seinem unerschütterlichen Glauben, aber dabei nie bedacht, dass es die einzige Säule sein könnte, die ihn am Leben hielt.

Anders als er selbst hatte Helmut kein Mädel, das auf seine Rückkehr wartete. Lotte war Johanns Anker und die Sehnsucht, zu ihr zurückzukehren, war sein Grund, einen weiteren Tag zu überleben. Ohne dieses Ziel hätte er schon längst aufgegeben, wäre verrückt geworden und in die verbotene Zone zum Zaun gerannt, der das Lager umgab.

Genau das tat fast jeden Tag ein Mann, der die Misshandlungen nicht länger ertragen konnte, in der Hoffnung, die Wachen würden ihn erschießen. Es war das eine Versprechen, das die Russen immer hielten. Niemand musste lange auf die erlösende Kugel warten.

Während er in der Sonne lag und an seiner rohen Zwiebel knabberte, schwor er sich, nie wieder an den furchtbaren Winter zu denken, den sie erlebt hatten. „Was meinst du, werden sie uns noch vor dem Winter gehen lassen?"

„Das hoffe ich doch", sagte Gerd.

„Habt ihr schon gehört? Bald soll es einen Transport nach Hause geben", sagte Jens, ein kleiner, kränklicher, ehemaliger Panzerfahrer.

„*Skoro domoi!*" Helmut verzog das Gesicht. „Wenn die noch einmal ‚bald nach Hause' sagen, kotze ich denen auf die Füße."

Johann riss schockiert die Augen auf, denn dieser Ausbruch war völlig untypisch für seinen Freund. „Geht es dir gut?"

„Ging mir nie besser."

Ein kurzes Schweigen folgte, das von Karsten gebrochen wurde. „Ich glaube keinem Gerücht, bis sie nicht mit einer Liste ankommen."

Johann mochte den stillen Mann, der ein strenges, aber gerechtes Regiment in ihrer Baracke führte. Außerdem stand er auf ewig in seiner Schuld wegen der Tipps, die Karsten ihm in seinen ersten Tagen als Sklavenarbeiter im Steinbruch gegeben hatte.

„Eine Liste?", schnaubte Gerd.

„Ja, eine Liste. Diese Russen machen doch für alles und jedes eine Liste. Glaubst du ernsthaft, die schicken uns nach Hause, ohne vorher endlose Listen in dreifacher Ausfertigung zu schreiben?"

„Da hast du vermutlich recht." Johann kratzte sich die Stoppeln auf seinem Kopf. Aus hygienischen Gründen mussten sich die Gefangenen alle zwei Wochen die Köpfe rasieren. Nur einige wenige Privilegierte, die sogenannten Langhaarigen, durften ihre Haare behalten, als Belohnung dafür, dass sie den sowjetischen Offizieren begehrte Fähigkeiten zur Verfügung stellten.

KAPITEL 7

Woronesch, September 1945

Gegen Ende des Sommers grassierten wieder wilde Gerüchte über eine Entlassung. Es kam sogar eine offizielle sowjetische Delegation, um das Lager zu inspizieren. Der Parteifunktionär aus Moskau hielt eine lange Rede über den Nutzen und die Vorteile des Kommunismus und endete mit den Worten: *„Skoro Domoi!"* – bald nach Hause.

Karstens Warnung lag Johann noch in den Ohren und er dämpfte seine Hoffnungen. Doch am nächsten Tag kam eine weitere Delegation an, die aus drei Ärzten bestand. Alle Gefangenen, selbst die kranken, wurden in den Hof beordert.

Helmut stöhnte. „Nicht schon wieder eine Untersuchung."

Die Gefangenen hatten sich an die monatliche Untersuchung gewöhnt und machten sogar Witze über das, was sie Arschkneifen nannten. Es schien die modernste Methode zu sein, mittels der die russischen Ärzte feststellen konnten, ob ein Mann arbeitsfähig war oder nicht.

Der Chefarzt erklärte, dass die schwächsten Gefangenen als erste nach Hause geschickt würden. Die anderen sollten kurze Zeit später folgen. Johann fühlte sich schwindelig. Zum ersten Mal seit seiner Gefangennahme war dies eine klare Aussage, die seine Hoffnung aufkeimen ließ.

„Die machen eine Liste. Die schicken uns wirklich nach Hause", flüsterte er.

Helmut nickte. „Hoffentlich sind wir schwach genug."

Er sah Helmut an, dessen Zustand sich im Laufe des letzten Monats zusehends verschlechtert hatte. Sein Freund hatte sich eine hartnäckige Infektion eingefangen und die letzten beiden Wochen nicht arbeiten müssen. Dann wanderte sein Blick zu dem Mann vor ihm.

Er hatte Karsten nicht mehr gesehen, seit er vor einiger Zeit ins Lazarett verlegt worden war. Der ausgemergelte Mann schwankte mehr, als dass er stand, und war von Kopf bis Fuß mit roten, eiternden Pusteln übersät.

Helmut folgte Johanns Blick und murmelte: „Der kommt auf jeden Fall auf die Liste."

„Wusstest du, dass er kürzlich sein viertes Jahr in Gefangenschaft vollgemacht hat?"

„Der Ärmste. Er verdient es wirklich, nach Hause zu gehen."

„Das tun wir alle." Johann bezweifelte, dass Gott irgendeinen grandiosen Plan verfolgte, aber wenn er es doch tat, dann hatte Johann mit Sicherheit schon mehr als einmal für alle seine Sünden bezahlt. Er war niemals absichtlich grausam gewesen, hatte sich auch bei den Tötungen von Zivilisten herausgehalten und eigentlich nur getan, was jeder Soldat tat: für sein Land kämpfen und Befehle ausführen.

Diese Frau in China, die Jüdin, die ihm geholfen hatte, hatte den Samen des Zweifels in ihm gesät. Seither konnte er nicht anders als bei jedem Gräuel, das im Krieg begangen wurde, an sie zu denken und Hitlers Worte zu hinterfragen. War die jüdische Rasse wirklich die Wurzel allen Übels? Sollten sie alle vernichtet werden?

Tief in seinem Herzen hatte er immer gewusst, dass es falsch war, eine gesamte Rasse zu verdammen, doch er hatte zugelassen, dass Starrsinn und Angst ihn vom Handeln abhielten. War die Gefangenschaft die Strafe für seine Feigheit?

~

Helmut und Karsten schafften es auf die „Heimkehrerliste", Johann jedoch nicht. Obwohl er das bereits befürchtet hatte, war er tagelang griesgrämig und sprach kein Wort. Anfangs versuchte Helmut, ihn aufzumuntern, aber Johann ertrug es nicht, seinen besten Freund anzusehen.

Du gehst nach Hause und lässt mich hier zurück. Um allein zu sterben.

Der Mensch, der in dieser trostlosen Welt seine Stütze gewesen war, ging weg. Er neidete Helmut die Heimkehr nicht, denn wie könnte er das? Aber er hasste den Gedanken, allein zurückgelassen zu werden. Und er hasste den mitleidigen Ausdruck in Helmuts Augen. Mitleid gepaart mit Schuldgefühlen.

„Wir kommen bestimmt auf den nächsten Transport." Gerd gesellte sich auf dem Weg von der Sägemühle zurück ins Lager zu ihm.

„Wenn du meinst …" Johann wollte mit niemandem über seine zerstörten Träume sprechen. Ein paar kurze Stunden hatte er sich im Glanz der Hoffnung gesonnt. Doch die Bekanntgabe der Ergebnisse der ärztlichen Untersuchung ihn eines besseren belehrt.

.

Drei Tage vergingen und er fühlte sich noch immer, als schwebte er außerhalb seines Körpers. Wenn er nicht so ausgetrocknet gewesen wäre, hätte er geweint. Oder geschrien, wenn er dazu die Kraft gehabt hätte. Doch er schuftete nur und schleppte sich durch die Tage, atmete und schlief, aß und trank und war unfähig, sich ins Leben zurückzukämpfen.

„Du kannst jetzt nicht aufgeben", beharrte Gerd. „Wir haben so viel durchgestanden. Halt noch etwas länger aus."

„Wie lange?" Johann starrte ihn mit leeren Augen an.

„Bestimmt nicht mehr lange. Sobald der erste Transport weg ist

…“

„Es ist schon drei Tage her und sie sind immer noch hier. Was ist, wenn das wieder eine ihrer Lügen ist, um uns bei Laune zu halten?“

In Gerds Augen blitzte Angst auf, aber nur für eine Sekunde. „Wenn das der Plan war, hat es ganz sicher nicht geholfen, dich bei Laune zu halten.“

Johann schämte sich für seine bissigen Bemerkungen, hieß die Stille aber willkommen. Wenn ihn nur alle in Ruhe lassen würden. Er hatte mit dem Leben abgeschlossen.

Mehrere Wochen vergingen und nichts geschah. Die Heimkehrer lebten in einem ständigen Strudel von widersprüchlichen Gefühlen. Die Hoffnung wurde von Angst weggespült. Freude verblasste zu Traurigkeit. Von zweihundert Männern, die zur Heimkehr bestimmt waren, starben fünfzehn in der ersten Woche. Neue Listen wurden erstellt, Nachfolger auserkoren.

Andere Männer, deren Gesundheit sich stabilisierte, wurden von der Liste gestrichen. Helmut war einer davon.

Der Oktober verging, dann der November und noch immer hatte keiner das Lager verlassen. Johanns Gemütszustand besserte sich nicht. Er beklagte sein Schicksal nicht mehr, sondern verfiel in eine dumpfe Resignation, in der nichts und niemand in der Lage war, Empfindungen in ihm zu wecken. Er schlürfte seine Suppe auf die gleiche resignierte Art, wie er mit den Füßen schlurfte. Es war kein Quäntchen Lebensgeist mehr in der Hülle seines Körpers.

Ihm war alles egal und er hätte ebenso gut schon tot sein können. Nicht einmal die Peitschenhiebe der Wachen konnte ihn aus seiner Lethargie reißen. Das schwindende Tageslicht in der dunklen Jahreszeit warf ihn noch tiefer in die Depression.

Eines Tages, kurz nach Neujahr, kam Karsten zu ihm. Er sah erstaunlich sauber und ordentlich aus und trug sogar neue Kleidung. „He, ich wollte mich verabschieden.“

„Tschüss.“ Johann schaute weg.

„Sie haben uns erlaubt zu baden, haben das widerliche Entlausungspulver über uns gekippt und uns sogar neue Kleider gegeben."

„Schön für dich." Johann wollte weggehen, aber Karsten legte ihm eine Hand auf den Arm.

„Machs nicht noch schwerer, als es ist. Das ist nur der Anfang und bald seid ihr alle auf dem Weg nach Hause."

„Wenn ich lange genug lebe …"

Karsten grinste. „Ich habe dieses Höllenlager und davor ein halbes Dutzend andere mehr als vier Jahre überlebt. Du wirst das auch schaffen. Aber das ist nicht der Grund, warum ich hier bin. Dein Mädel ist aus Berlin, richtig?"

„Ja." Ein winziger Funke glühte in Johanns Brust auf. Seit dem Tag der Listenverlesung hatte er jeden Gedanken an Lotte von sich geschoben, weil es zu schmerzhaft war, an sie zu denken. Doch jetzt konnte er den Kopf nicht mehr in den Sand stecken und die Erinnerung an ihr süßes Gesicht kam mit aller Macht zurück.

Er wusste genau, was sie ihm vorwerfen würde. *Du jämmerlicher Waschlappen! Du willst dein Leben und mich aufgeben, nur weil du nicht zu den zweihundert kränksten Männern im Lager gehörst? Es ist höchste Zeit, dass du aufhörst rumzujammern und kämpfst. Ich warte auf dich und du tust besser alles in deiner Macht Stehende, um an meine Seite zurückzukehren! Verstanden!*

„Hast du mich gehört?"

Johann blinzelte. Lottes liebliche Stimme verschwand und wurde von Karstens ersetzt.

„Hast du überhaupt gehört, was ich gesagt habe?", fragte Karsten noch einmal.

„Tut mir leid, nein."

„Ich habe gesagt, ich kann einen Brief für dich überbringen."

„Einen Brief?" Johanns Gehirn arbeitete dieser Tage quälend langsam. „Briefe sind verboten." Die Sowjets waren paranoid, was das geschriebene Wort anging, und das gesamte Lager, inklusive der Gefangenen, wurde regelmäßig nach versteckten Tagebüchern abgesucht. An Papier und Stift zu kommen, war nahezu unmöglich, aber manche Männer schafften es trotzdem und fanden Trost darin, ihre Erlebnisse niederzuschreiben.

Im Laufe des vergangenen Jahres hatten andere Gefangene angefangen, den Schreibern ihre eigenen grausamen, lustigen oder schlicht alltäglichen Anekdoten zu diktieren. Es war der verzweifelte Versuch, in Erinnerung zu bleiben und die Welt wissen zu lassen, welche furchtbaren Qualen sie aushalten mussten.

„Essen organisieren ist auch verboten", sagte Karsten mit einem Grinsen.

„Stimmt. Und bei der Arbeit verrecken, ist auch verboten, trotzdem wird es gemacht."

„Siehst du?" Karsten reichte ihm einen Stift und ein winziges, fleckiges Stück Papier, das in seinem früheren Leben mal ein Mehlsack gewesen war.

„Danke. Wann geht es los?"

Karsten verzog das Gesicht. „Bald ... sagen jedenfalls die Russen."

Da musste selbst Johann grinsen. *Skoro* war das am häufigsten benutzte Wort der Russen, gefolgt von *kaput*. Während man *skoro* mit *bald* übersetzte, konnte es jede Zeitspanne zwischen jetzt und nie bedeuten. „Tja, dann sollte ich mich besser beeilen. Bis heute Abend."

„Bis dann."

Johann legte seine ganze Liebe zu Lotte in diesen Brief. Da er nur einen winzigen Papierfetzen zur Verfügung hatte, formulierte er den Text erst in seinem Kopf, bevor er ihn zu Papier brachte.

M *ein Liebling,*

Geht es Dir gut? Sie lassen die ersten Gefangenen frei und ich hoffe, dass ich bald folge. Sei gewiss, dass meine Liebe zu Dir jeden Tag stärker wird. Die Aussicht, Dich in meinen Armen zu halten, gibt mir die Kraft, weiter ums Überleben zu kämpfen.

Für immer Dein
Johann

Der simple Akt, seine Gedanken zu sammeln, um den Brief zu schreiben, füllte ihn mit ausreichend Kraft. In diesem Moment konnte er seine Depression überwinden und wieder zuversichtlich in die Zukunft schauen. Seine Gefangenschaft würde nicht ewig dauern. Er musste nur noch etwas länger durchhalten und dann konnte er ein neues Leben beginnen, mit Lotte an seiner Seite.

Ein Leben ohne Krieg, Kämpfe, Bomben, Hunger, Schmerz, Durst, Kälte, Schläge, Flohbisse, Schwielen, Misstrauen, Angst, Krankheit, Sklavenarbeit, wunde Hände, Heimweh und Elend. Kurz, ein lebenswertes Leben.

Er wühlte in seinen Taschen und fand, was er gesucht hatte: ein weiches Stück Holz, an dem er endlose Stunden mit einem Löffel gearbeitet hatte, um daraus so etwas wie eine Figur zu schnitzen. Abends suchte er Karsten auf. Der todkranke Mann war inzwischen aus dem Lazarett entlassen, aber noch nicht wieder für arbeitsfähig erklärt worden.

„Ich danke dir vielmals, dass du das tust. Hier sind mein Brief und ein Geschenk für mein Mädel. Wie wirst du es ihr zukommen lassen?"

„Das finde ich heraus, sobald ich in Deutschland bin. Ich glaube noch immer nicht so richtig, dass sie mich nach so langer Zeit endlich gehen lassen."

„Unser Land hat sich verändert", sagte Johann und sah den Mann, der ein guter Freund geworden war, aus zusammengekniffenen Augen an. „Wann warst du das letzte Mal dort?"

„Im August 1940."

Johann hielt einen Moment inne. Damals, vor den ständigen Luftangriffen, war Deutschland wunderschön. „So ist es nicht mehr.

Bei meinem letzten Heimaturlaub war München nur noch ein Schutthaufen, obwohl es eine der am wenigsten zerstörten Städte war."

Karsten schluckte. „Meine Frau war schwanger, als ich eingezogen wurde. Ich weiß noch nicht einmal ..." Tränen sprangen ihm in die Augen und er sprach den Satz nicht zu Ende. Die Gefangenen vermieden es unter allen Umständen, Gefühle zu zeigen, denn Traurigkeit war ansteckend. Johann drehte den Kopf weg, als hätte er jemanden gesehen.

In der Zwischenzeit bekam sich Karsten wieder in den Griff und erwähnte wie nebenbei: „Ihr werdet euch Lampen für den Winter basteln müssen."

„Ich weiß." Johann war froh, dass das Gespräch wieder sicheren Boden erreicht hatte. „Heinrich hat uns schon beauftragt, Blechdosen zu besorgen."

„Der ist ein Guter. Ziemlich erfinderischer Ingenieur." Das stimmte; Heinrich konnte jeden erdenklichen Gegenstand reparieren und nutzte die alltäglichsten Dinge als Ersatzteile oder um kleine Wunder der Technik zu bauen.

Als immer mehr Männer in die Baracken zurückkehrten und sich für die Nacht fertigmachten, gab er Karsten Lottes Adresse und ihren falschen Namen Alexandra Wagner. „Du wirst es doch nicht vergessen, oder?"

„Werde ich nicht. Ich verspreche, dass ich diesen Brief tot oder lebendig ausliefern werde." Karsten lachte leise und klopfte auf seine kostbare Fracht.

„Was ist, wenn sie ihn konfiszieren?" Ein Schauer jagte über Johanns Rücken.

„In diesem Fall werde ich die Nachricht persönlich überbringen. Ich werde ihr sagen, dass du sie über alles liebst und die Ohren steifhältst."

„Nochmals danke. Ich wünsche dir viel Glück. Grüß die Heimat von mir!"

KAPITEL 8

Berlin, Februar 1946

Lotte dachte jeden Tag an Johann und sorgte sich darum, ob er noch lebte und wenn ja, unter welchen Bedingungen. Es gab haufenweise Gerüchte über die schreckliche Behandlung, die Kriegsgefangene bei den Russen erlitten. Aber sie weigerte sich, diese Dinge zu glauben, und hoffte inständig, dass es eben nur Gerüchte waren.

Eines Tages lag sie nach der Arbeit auf dem Sofa und hörte eine Radiosendung, als es an der Wohnungstür klopfte. Sie war als Einzige zu Hause, weil der Rest ihrer Familie unterwegs war, um Besorgungen zu machen.

Mit einem tiefen Seufzer stand sie auf und schleppte ihre müden Knochen zur Tür. Im Kopf formulierte sie bereits eine deftige Ansage an denjenigen, der seinen Schlüssel vergessen hatte und ihren wohlverdienten Feierabend störte. Selbst nachdem sie sich an die Strapazen ihrer Arbeit als Trümmerfrau gewöhnt hatte, kam sie jeden Abend mit schmerzenden Gliedern und wunden Händen nach Hause.

„Was …?" Sie starrte den ausgezehrtesten, kränklichst

aussehenden Mann an, den sie je gesehen hatte. Auf seinem Kopf war kaum noch ein Haar und jeder sichtbare Quadratzentimeter Haut war von roten, eiternden Pusteln übersät.

Seine hohlen Augen fokussierten sich mit einigen Schwierigkeiten auf sie und er sagte: „Ich möchte zu Alexandra Wagner."

Die Worte waren wie ein Schlag in den Magen und sie schnappte nach Luft. „Wer sind Sie?"

„Ein Kamerad von Johann."

Ihr Herz schmolz. Sie betrachtete den Mann prüfend von oben bis unten. Es war sicher keine weise Entscheidung, einen zerlumpten Fremden in ihre Wohnung zu bitten, wenn sie allein war. Aber trotz seiner grauenhaften Erscheinung war sie sich sicher, dass er keine Bedrohung für sie darstellte.

„Ich bin Alexandra. Möchten Sie hereinkommen?", fragte sie, nur um es im nächsten Moment zu bereuen, als ein abstoßender Gestank in ihre Nase stieg.

Er nickte. Sie führte ihn in die Küche und würgte dabei die Galle herunter, die ihr im Hals aufgestiegen war.

„Bitte, setzen Sie sich doch. Möchten Sie ein Glas Wasser?" Er nickte gierig und sie fügte hinzu: „Und etwas zu essen?"

„Das wäre fantastisch." Sein Mund offenbarte eine Reihe schwarzer, abgebrochener Zähne.

Der faulige Geruch, der aus seinem Mund kam, ließ sie den Kopf abwenden. Sie verbarg ihre Abscheu, indem sie zur Spüle ging und ein Glas mit Wasser füllte, ehe sie in der Vorratskammer nach einem Stück Brot und etwas Käse suchte.

„Bitte sehr." Sie setzte sich in sicherem Abstand ihm gegenüber an den Tisch und bemühte sich, nicht auf die nässenden Flecken auf seinem Gesicht, seinem Hals und seinen Händen zu starren.

„Danke." Er leerte das Glas und fing an zu reden. „Ich heiße Karsten. Ihr Verlobter, Leutnant Johann Hauser, und ich waren zusammen in einem russischen Kriegsgefangenenlager in Woronesch."

Lotte sog die Luft ein. Tausend Fragen stürmten auf sie ein, aber sie unterbrach seinen angestrengten Bericht nicht. Er machte nur Pausen, um das Brot, das sie ihm gegeben hatte, sorgfältig zu kauen.

„Sie haben mich gehen lassen, weil", er verzog das Gesicht und deutete auf seinen Körper, „wie Sie sehen können, nütze ich denen nichts mehr. Ich bin zu krank, um zu arbeiten. Johann hat mir einen Brief für Sie mitgegeben, aber die verdammten Sowjets haben ihn an der Grenze konfisziert. Also kann ich Ihnen nur das hier geben." Er zog ein kleines Stück Holz aus der Tasche. „Er hat das für Sie gemacht, damit Sie etwas haben, was Sie an ihn erinnert."

Eine Welle der Emotionen raste über sie hinweg und sie musste ihre Tränen unterdrücken, als sie das Stück Holz nahm und eingehend betrachtete. Es hatte die Form einer Person und Spuren eines Gesichts. Mit viel Fantasie konnte sie eine Ähnlichkeit mit Johann entdecken.

„Danke", sagte sie mit bebender Stimme. „Geht es ihm ... gut?"

„*Gut* ist ein Wort, das ich nicht verwenden würde, um irgendeinen meiner Kameraden zu beschreiben, aber er lebt und ist in deutlich besserem Zustand als ich. Obwohl es nur meine schlechte Gesundheit war, die die Russen dazu bewogen hat, mich nach Hause zu schicken." Er starrte sie an. „Sie sind genauso, wie er Sie beschrieben hat. Wunderschön. Er hat gesagt, ich soll Sie wissen lassen, wie sehr er Sie liebt, und dass ihm nur der Gedanke, zu Ihnen zurückzukehren, die Kraft gibt, jeden Tag durchzuhalten."

Jetzt liefen Lotte die Tränen ungehindert über die Wangen und sie drückte die Holzpuppe in ihrer Hand. „Vielen Dank, dass Sie sich die Mühe gemacht haben, herzukommen. Sie können sich nicht vorstellen, wie viel mir diese Nachricht von Johann bedeutet."

„Ich tue alles für einen feinen Kameraden. Ich hoffe, er und die anderen werden bald heimkehren."

„Kann ich noch etwas für Sie tun?"

„Nein, danke. Ich muss meinen Zug nach Oldenburg erwischen und sehen, ob ich dort meine Familie finde", sagte er und erhob sich.

„Alles Gute." Lotte gab ihm den Rest des Brots, obwohl ihr

bewusst war, dass sie selbst heute ohne Abendessen auskommen musste. „Hier, nehmen Sie das mit für die Fahrt. Es tut mir leid, aber mehr habe ich nicht."

„Das ist eine ganze Menge." Er fletschte sein verfaultes Gebiss zu etwas, das vermutlich ein Lächeln sein sollte, und verließ die Wohnung.

„Wer war denn das?" Ihre Schwester Ursula kam gerade zur Tür hinein. Als sie das tränenüberströmte Gesicht ihrer Schwester sah, geriet sie in Panik. „Was hat er dir angetan?"

„Nichts", heulte Lotte und streckte die Hand mit der Holzpuppe aus. „Er … ist ein … Freund von Johann."

„Das sind doch gute Nachrichten, oder?" Ursulas Frage klang zögerlich.

„Vermutlich. Dieser Mann, er war im gleichen Gefangenenlager wie Johann."

„Das heißt, Johann lebt noch und das ist etwas Gutes." Ursula setzte sich neben Lotte auf das Sofa und legte ihr einen Arm um die Schultern.

„Sie haben den Brief konfisziert, den Johann mir geschrieben hat. Warum machen die so was?" Sie wischte sich die Tränen aus dem Gesicht.

„Ich weiß es nicht. Vielleicht hat er etwas geschrieben, das den Zensoren nicht gefallen hat?"

Eine neue Welle von Schluchzern schüttelte Lotte. „Wir haben also wieder eine Zensur? Sollte das nicht zusammen mit der Naziherrschaft aufhören?"

„Sollte es, aber da Johann ein Gefangener ist, vermute ich, dass die Russen die Briefe weiterhin zensieren."

Lotte sah ihre Schwester an und wusste nicht, ob sie froh oder traurig sein sollte. Ihr Liebster lebte, aber nachdem sie Karstens furchtbaren Zustand gesehen hatte, fragte sie sich, ob das wirklich etwas Gutes war. Ein weiterer Gedanke quälte sie und sie platzte heraus: „Ich weiß noch nicht einmal, wo Woronesch überhaupt liegt!"

„Ich auch nicht." Ursula sah sich im Wohnzimmer um. „Wenn Richard hier wäre, könnten wir ihn fragen oder in seinem Schulatlas nachschlagen." In ihrer Jugend hatte ihr Bruder den Großteil seiner Freizeit mit der Nase in einem Buch verbracht – egal welches Buch.

„Der ist verbrannt." Lotte verspürte einen Energieschub. „Ich gehe gleich morgen in die öffentliche Bücherei und finde heraus, wo Woronesch liegt. Und jetzt schreibe ich einen Brief an Johann." Sie stand auf und ließ eine verwirrte Ursula auf dem Sofa zurück.

In ihrem Zimmer setzte sich hin und schrieb:

Mein liebster Johann,

Du kannst Dir nicht vorstellen, wie unglaublich froh ich war, als Dein Freund Karsten heute vor der Tür stand und mir Nachrichten von Dir überbrachte. Er sagte, dass Du gesund und munter bist, aber ich mache mir trotzdem Sorgen um Dich. Wenn Dich dieser Brief erreicht, lass mich bitte wissen, ob es irgendetwas gibt, was Du brauchst. Wenn sie mir erlauben, ein Päckchen zu schicken, werde ich das auf jeden Fall tun.

Was mich angeht, mir geht es gut. Ich bin letzten Sommer nach einer abenteuerlichen Evakuierung aus Norwegen in Berlin angekommen. Bist Du über die Neuigkeiten auf dem Laufenden? Berlin wurde in vier Sektoren aufgeteilt, einer für jede Siegermacht.

Die Stadt ist vollkommen zerstört und es ist ein Wunder, dass unser Wohnhaus noch steht. Ich habe angefangen, als Trümmerfrau zu arbeiten, und räume Schutt weg für Neubauten. Es ist eine harte Arbeit, aber ich beschwere mich nicht. Mir geht es gut.

Sie rieb sich den schmerzenden Rücken, unsicher, was sie ihm erzählen sollte. Sie wollte nicht negativ klingen und sich nicht über den Hunger beschweren, die Kälte oder die miserablen Lebensbedingungen in Berlin. Nach Karstens Erzählungen zu urteilen, mussten die Bedingungen in Russland noch viel schlimmer sein, als sie es sich auch nur vorstellen konnte.

Mein Vater ist noch immer nicht zu Hause, aber Anna, Ursula, Richard und Mutter haben alle den Krieg überlebt. Ich hoffe, dass Du sie sehr bald kennenlernen wirst.

Erinnerst Du Dich an Gerlinde, meine Freundin aus Warschau? Sie ist in Hamburg geblieben und sucht nach ihrer Familie.

Jetzt, wo sie darüber nachdachte, bedauerte sie es, Karsten nicht nach Johanns Eltern gefragt zu haben. Würde er ihnen auch eine Nachricht überbringen? Oder sollte sie das tun? Sie hatte sie nie getroffen, aber er hatte ihr die Adresse in München gegeben. Ja, sie würde ihnen einen Brief schreiben. Seine Mutter musste krank vor Sorge um ihren einzigen Sohn sein.

Ich werde Deinen Eltern die freudige Nachricht schreiben, dass Du lebst, und sobald ich etwas von ihnen höre, lasse ich es Dich wissen.

Mein geliebter Schatz, ich denke jede wache Minute an Dich und träume jede Nacht von Dir. Mein größter Wunsch ist es, dass Du bald zurückkommst und mich in Deinen Armen hältst.

In Liebe für immer,

Lotte

Sie drückte einen Kuss auf das Papier und zeichnete den kaum sichtbaren Abdruck mit dem Stift nach. Dann betrachtete sie ihre Arbeit und malte ein Herz daneben. Sie faltete den Brief, steckte ihn in einen Umschlag und adressierte ihn an Leutnant Johann Hauser, Kriegsgefangenenlager, Woronesch, Russland.

Am nächsten Tag ging sie noch vor der Arbeit zum Büro des Roten Kreuzes, um den Brief abzugeben. Die freundliche Frau an der Rezeption versprach ihr nicht, dass er ankommen würde, denn selbst das Rote Kreuz hatte Schwierigkeiten, die russischen Behörden dazu zu bewegen, die Post tatsächlich zu verteilen. Aber sie ermutigte Lotte, jeden Monat einen neuen Brief zu bringen, denn Briefe, die man nicht schrieb, wurden ganz sicher nicht ausgeliefert.

KAPITEL 9

Der Winter kehrte mit aller Härte zurück und jeden Abend nach der Arbeit waren die Männer damit beschäftigt, ihre Baracken warm zu bekommen. Unter Heinrichs Anleitung organisierten sie alte Blechbüchsen, Glasflaschen und Benzin. Die Beute versteckten sie in heimlich gegrabenen Erdlöchern unter der Hütte.

„Ich vermisse Karsten wirklich", sagte Johann, während er mit einem hölzernen Messer hauchdünne Streifen von einer Decke abschnitt. Jedes Mal, wenn er drei etwa dreißig Zentimeter lange Streifen beisammen hatte, reichte er sie an Helmut weiter.

„Der wird inzwischen zu Hause sein – und wir auch bald." Helmut hatte die Enttäuschung, von der Heimkehrerliste gestrichen zu werden, erstaunlich gut verkraftet. Wie immer fand er Trost in der Bibel. Seine gute Laune war ansteckend und Johann sah etwas optimistischer in die Zukunft.

Helmut nahm die Fäden und wickelte sie zu einer Kordel zusammen, die er seinem Nachbarn gab.

„Nein, so nicht." Heinrich untersuchte den Docht und reichte ihn zurück. „Das muss fester gewickelt werden, sonst funktioniert es nicht."

Als Helmut fertig war, zeigte er Heinrich erneut seine Arbeit, der anerkennend nickte und an beide Enden einen Knoten machte. Der Nächste hatte die Aufgabe, die Schnur im Benzin einzuweichen, das sie aus den Lagerfahrzeugen stibitzt hatten.

Heinrich prüfte die Arbeiten, gab hier und da Hinweise und hing die eingeweichten Dochte auf eine Leine, um sie trocknen zu lassen. Derweil bereiteten andere Männer die Behälter vor, wobei sie wahlweise Blechdosen oder Flaschen benutzten, um Lampen daraus zu machen. Die Flaschen waren besser, weil sie mehr Licht abgaben, doch sie waren auch schwieriger zu ergattern.

Johann betrachtete die Reihe trocknender Dochte. Während der langen Wintermonate Licht und Wärme in der Baracke zu haben, war etwas, worauf man sich freuen konnte. In der Sägemühle hatten sie Holzreste gesammelt und einige Kameraden hatten Löcher hineingebohrt.

Es war albern, aber sein Herz klopfte vor Aufregung. Würde es funktionieren? Er unterdrückte das leichte Zittern seiner Hände und nahm einen der getrockneten Dochte, öffnete den Knoten und fädelte die Schnur durch das Holzstück. Dann händigte er es Heinrich aus. „Es war deine Idee. Du zündest die erste Lampe an."

Heinrichs Augen strahlten vor Freude, während er etwas von dem stibitzten Benzin in eine Blechdose goss und das Stück Holz mit dem Docht hineinwarf. Dann zündete er ein Streichholz an.

Alle zweihundert Männer in der Baracke hielten die Luft an, als Heinrich die Hand über die Büchse hielt. Eine Stichflamme schoss nach oben, beruhigte sich aber nach kurzer Zeit zu einem gleichmäßigen Flackern.

„Es funktioniert! Wir haben Licht!", schrie jemand.

Eifrig produzierten sie weitere Lampen und verteilten sie in der Hütte. Heinrich gab strikte Anweisung, das Benzin nicht zu verschwenden und die Lampen jeden Abend nur ein oder zwei Stunden vor dem Schlafengehen anzuzünden.

Sie qualmten wie Schlote und spuckten dicke schwarze Wolken

in die bereits stickige Luft, aber das tat der Freude der Männer keinen Abbruch.

~

Eines Tages schickten die Sowjets eine weitere Delegation ins Lager, um Unterrichtsstunden für die Gefangenen abzuhalten, in denen sie die vielen Vorteile des Kommunismus beigebracht bekommen sollten. Die Anwesenheit war Pflicht.

„Was genau machen wir hier?", flüsterte Johann.

„Wir hören uns an, was die Sowjets zu sagen haben", antwortete Gerd.

Er warf ihm einen finsteren Blick zu. Seiner Ansicht nach war es reine Zeitverschwendung und er hätte lieber seine zerrissene Jacke geflickt. Die Tür zu dem großen Raum im Verwaltungsgebäude öffnete sich und die Gefangenen gingen hinein. In der Feuerstelle brannte ein Feuer, das den Raum wärmte.

„Die haben sich mächtig ins Zeug gelegt, um uns zu zeigen, wie toll sie sind", bemerkte Helmut.

„Die Wärme nehme ich gerne. Aber ich werde nicht zu ihrer faschistischen Ideologie konvertieren."

„Pst."

Johann sah sich vorsichtig um, aber niemand war in Hörweite. Obwohl man das bei den russischen Schweinehunden und ihren Helfern nie so genau wissen konnte. Die sadistischen rumänischen Vorarbeiter waren im Herbst nach Hause geschickt worden, zusammen mit den Jugoslawen und weiteren Gefangenen aus den neuen Bruderländern der Sowjetunion. Diejenigen, die sich nicht zu schade waren, ihre eigenen Leute zu verraten, darunter viele ehemalige SS-Leute hatten ihre Plätze eingenommen. Sie genossen dafür einige Vorteile: mehr Essen, weniger Arbeit, eine bessere Behandlung.

Der sowjetische Beamte hielt eine lange Rede über Marx, Engels, Lenin und natürlich Stalin. Seine Ansprache endete mit den

Worten: „Wir sind hier, um das Übel des Faschismus zu beenden und bieten euch die Gelegenheit, zu besseren Menschen zu werden. Daher seid ihr aufgefordert, dem antifaschistischen Komitee beizutreten, das hier im Lager eingerichtet wurde. Ihr könnt eure Mitgliedschaft auf den Formularen an der Tür eintragen. Irgendwelche Fragen?"

Niemand wagte es, eine Frage zu stellen.

Der Beamte schaute zufrieden und fragte: „Wer will der Erste sein?"

Einige Männer eilten zur Tür und wurden unter den Hochrufen der Wachen als Antifaschisten und Mitglieder der brüderlichen Gemeinschaft der Kommunisten willkommen geheißen.

Johann sah sich um. Der Großteil der Gefangenen schien nicht bereit zu sein, überzulaufen und sich den Reihen der ehemaligen Feinde anzuschließen.

Weil nicht genug Männer das großzügige Angebot akzeptiert hatten, klatschte der sowjetische Beamte, der mit Sicherheit eine Quote zu erfüllen hatte, in die Hände und sagte: „Jeder, der sich weigert, sein abscheuliches faschistisches Gedankengut abzulegen und freiwillig dem antifaschistischen Komitee beizutreten, wird als Verräter behandelt."

Sofort drängte sich eine große Anzahl Gefangener um den Tisch mit den Formularen.

„Müssen wir sofort unterschreiben?", fragte jemand.

„Nein, nein. Natürlich nicht. Das ist vollkommen freiwillig und ihr könnte euch so viel Zeit zum Überlegen nehmen, wie ihr möchtet."

„Ich werde das niemals unterschreiben", murmelte Johann vor sich hin, während sie zu ihrer Baracke zurückkehrten.

Helmut warf ihm einen überraschten Blick zu. „Warum? Hast du mir nicht oft genug gesagt, dass Hitler Unrecht hatte?"

„Stimmt. Aber was Stalin tut, ist genauso falsch. Ich mache den gleichen Fehler kein zweites Mal."

Etwa die Hälfte der Gefangenen war zu Antifaschisten und

Kommunisten konvertiert und überraschenderweise wurden die übrigen Männer in Ruhe gelassen. Der Beamte hatte seine Quote erreicht und das war alles, was zählte. Die frischgebackenen Antifaschisten hatten etwas bessere Bedingungen, aber Johann beschloss, dass das nicht ausreichte, um seine eigenen Überzeugungen zu verraten.

Im Laufe des harten Winters starben die Gefangenen wie die Fliegen. Die unerträgliche Kälte gepaart mit den weiter reduzierten Rationen und der Knochenarbeit waren einfach zu viel. Die Männer wurden bei der Arbeit ohnmächtig und standen nie wieder auf, erfroren im Schlaf, fielen Infektionskrankheiten zum Opfer oder schlossen schlicht die Augen, wenn das letzte Quäntchen Lebenswille in ihren ausgemergelten Körpern aufgebraucht war.

Eines Tages erzählte Helmut von einem Gerücht über einen weiteren Transport für Heimkehrer, der bald stattfinden sollte.

Johann verzog das Gesicht. „Und du glaubst die Parolen immer noch? Kennst du nicht das russische Sprichwort: Bitte entschuldigen Sie, dass ich heute nichts verspreche?"

Gerd nickte. „Wahrere Worte habe ich nie gehört. Leere Versprechen sind alles, was sie uns bisher gegeben haben."

„Ich glaube inzwischen, die machen das absichtlich. Wedeln mit der Aussicht auf Freiheit vor uns herum, damit wir weiter hoffen und uns anständig benehmen."

„Warum sollten sie sich die Mühe machen?"

„Um mehr aus uns herauszuquetschen", sagte Helmut. „Ein Mann ohne Hoffnung hat keinen Grund zu arbeiten. Wir tun alles, um am Leben zu bleiben, nur weil wir nach Hause wollen."

„Das ist deprimierend. Zu wissen, dass sie uns mit dem Traum, unsere Familien wiederzusehen, erpressen können. Und obwohl sie gar nicht vorhaben, ihr Versprechen einzulösen, arbeiten wir für sie", sagte Heinrich.

Wie die drei anderen war auch Heinrich den Antifaschisten nicht beigetreten. Sie hatten das Thema mehrmals diskutiert und jedes Mal festgestellt, dass ein Stück Brot es nicht wert war, seine Seele dafür zu verkaufen.

Doch heute nagte der Hunger schlimmer als je zuvor und Gerd sagte plötzlich: „Es ist doch nicht verwerflich, leben zu wollen, oder?"

Johann spürte den Gesinnungswechsel in seinem Freund und blickte ihn an. „Nein, ist es nicht."

„Gut. Ich halte es nicht mehr aus. Ich werde mich diesen Dreckskerlen anschließen. Erst gestern hat Rolf mir erzählt, dass du für deine Unterschrift einen ganzen Laib Brot bekommst."

„Tu, was du tun musst", sagte Johann und hoffte, dass das nicht das Ende ihrer Freundschaft bedeutete.

KAPITEL 10

Der furchtbare Winter verging. Johann und Helmut waren immer noch am Leben, aber wie sie das geschafft hatten, wussten sie selbst nicht. Sie arbeiteten jeden Tag von früh bis spät und bekamen dabei so gut wie nichts zu essen. Die sanitären Bedingungen waren katastrophal und sie froren ununterbrochen.

Endlich wärmte die Frühlingssonne die Luft und schmolz den Schnee. Johann verfluchte den zähen Matsch, durch den sie jeden Tag waten mussten. Doch wenigstens sah sein Leben dank des herrlichen Wetters nicht mehr ganz so trostlos aus.

Den Winter über hatte Gerd ihnen Russisch beigebracht und Johann verstand inzwischen die meisten Befehle und konnte sogar ein einfaches Gespräch führen.

Neue Gefangene aus anderen Lagern trafen ein, was dazu führte, dass er die Lagerhierarchieleiter hinaufkletterte und Altgefangener mit etwas besseren Konditionen wurde. Als ein nahe gelegener *Kolchos*, eine landwirtschaftliche Produktionsgenossenschaft, Arbeitskräfte anfragte, ergriff er die Chance mit beiden Händen.

Der verantwortliche Bauer war ein alter, stämmiger Mann. Er hatte buschige Augenbrauen und einen langen, grauen Bart, der ihm ein grimmiges Aussehen verlieh. Er inspizierte die *Plenni*, wie er die deutschen Gefangenen nannte, sorgfältig und schüttelte den Kopf. „Zu dünn zum Arbeiten", murmelte er.

Dann redete er in schnellem Russisch mit dem Wachmann. Trotz seiner neugewonnenen Sprachkenntnisse konnte Johann den Sinn seiner Worte nur erraten. Der Wachmann schüttelte den Kopf und Johann glaubte zu verstehen: „Nein, das hier sind die Kräftigsten, die wir haben."

Nun, *kräftig* war ein Wort, dass Johann nicht unbedingt benutzen würde, um einen seiner Kameraden zu beschreiben. Haut, Knochen und Sehnen war alles, was sie besaßen. Jedes Gramm Fett und Muskel war aufgezehrt worden, um das Herz am Schlagen und die Lungen am Atmen zu halten.

Der Bauer, Igor Smirnov, zuckte mit den Schultern und hielt den *Plenni* eine kurze Ansprache, die von dem Wachmann übersetzt wurde, in der er die Aufgaben erklärte und schwere Strafen androhte, sollten sie nicht hart und ehrlich arbeiten.

Johann war an harte Arbeit gewöhnt, ebenso an üble Schläge, sollte er sich für den Geschmack der Wachleute zu langsam bewegen. Das war nichts Neues und machte ihm keine Angst. Solange die Schläge seine Haut nicht aufrissen, scherte er sich nicht darum. Offene Wunden waren jedoch gefährlich. Deshalb beäugte er misstrauisch die Mistgabel in Smirnovs Hand. Von diesem dreckigen Ding aufgespießt zu werden, würde den sicheren Tod bedeuten.

Die erste Aufgabe war das Setzen von Kartoffeln – eine mühselige Arbeit in der schweren, lehmigen Erde. Nach kurzer Zeit pochte und schmerzte Johanns Rücken wegen der gebückten Haltung und er verfluchte sich selbst, dass er sich für dieses Arbeitskommando gemeldet hatte.

Bisher zeigten sich keine Vorteile gegenüber dem bekannten Trott in der Sägemühle. Doch dann kam, zu seiner großen Überraschung und dem Missfallen der Wachleute, Smirnovs Frau mit einem riesigen Topf aufs Feld.

Mittagessen? Während der Arbeitszeit? Das war etwas, was er bisher in seiner Gefangenschaft noch nicht erlebt hatte. Die Wachtposten wechselten ein paar scharfe Worte mit der Bauersfrau, doch sie schüttelte nur den Kopf, setzte den Topf ab und verteilte Löffel an die *Plenni*.

Aus Angst vor Vergeltung zögerte Johann, seine Arbeit zu unterbrechen. Doch er konnte dem aufmunternden Nicken der alten Frau nicht lange widerstehen. Wenige Sekunden später ließ er die Schaufel fallen und stürmte mit seinen Kameraden zum Essen.

Ein Dutzend hungrige Männer tauchten ihre Löffel gleichzeitig in den großen Topf mit wässriger Suppe. Es war alles andere als eine herzhafte Mahlzeit, aber es war etwas, um ihre knurrenden Mägen zu füllen. Und es bot eine kurze Auszeit von der schweren Arbeit.

Viel zu schnell hatte der Ansturm der Löffel den Topf geleert und die Wachen trieben sie zurück zum Kartoffelsetzen. Es gab schließlich eine Quote zu erfüllen. Johann fühlte sich wohlig ausgeruht. Sein Magen hörte endlich auf zu knurren, und war damit beschäftigt, das unerwartete Essen zu verdauen.

Bauer Smirnov kam am Nachmittag, um ihre Arbeit zu begutachten, und nach dem Glanz in seinen Augen zu urteilen war er recht angetan von dem Fortschritt, den die Gefangenen gemacht hatten. Er redete eine Weile mit dem Wachmann und Johann verstand, dass sie auf dem Weg waren, ihr Tagessoll schneller als geplant zu erreichen.

„Wir sollten langsamer machen", flüsterte er seinem Nachbarn zu, einem der Neuankömmlinge.

„Warum? Wenn wir uns beeilen, sind wir früher fertig."

Johann verzog das Gesicht. „Wovon träumst du? Sie geben uns nur zusätzliche Arbeit und setzen die Quote für morgen höher."

Ein anderer Mann namens Reiner stimmte zu. „Johann hat recht. Gib den Russen nie mehr, als sie verlangen. Das Plansoll ist die heilige Kuh und muss unter allen Umständen erreicht werden. Es zu überschreiten, sollte nur in wohldosiertem Maße erfolgen und ausschließlich dann, wenn es dafür eine Belohnung gibt."

Der Neuankömmling starrte sie entgeistert an. „Aber das ist dumm!"

„Willkommen im real existierenden Kommunismus", sagte Johann.

Am nächsten Tag bekamen er und Reiner die Aufgabe, den Schweinestall auszumisten. Der Schweiß lief ihm in Strömen über die Stirn, während er die volle Schubkarre zum Misthaufen fuhr. Nach einem halben Vormittag Arbeit fuhr er die letzte Ladung weg und machte eine kleine Pause, um in den Mist zu pinkeln.

Als er in den Schweinestall zurückkam, war Reiner über den Futtertrog gebeugt und stopfte sich gierig die Essensreste in den Mund, die für die Schweine bestimmt waren. Verblüfft hielt Johann inne und starrte ihn mit offenem Mund an. Was sein Kamerad da tat, war strengstens verboten. Essen zu stehlen, selbst von Schweinen, wurde mit schwerer Prügel geahndet sowie Strafarbeit und einem Tag Einzelhaft – ohne Essen oder Wasser.

Doch dem Anblick von Kartoffelschalen, halb vergammelten Karotten und welken Salatblättern konnte er nicht lange widerstehen. Er sah über die Schulter, um sicherzugehen, dass niemand in der Nähe war, dann stürzte er sich auf den Trog und stopfte die Essensreste in seinen Mund.

Taub für alles außer dem Mahlen der eigenen Zähne bemerkte er nicht, wie sich ein Mann dem Schweinestall näherte. Erst als der Bauer in der Tür stand und einen Schatten auf ihn warf, drehte er sich um. Die Soße troff von seinem Kinn, aber er wagte es nicht, seine Hand zu heben, um sie wegzuwischen, und wartete beklommen auf die unausweichliche Strafe.

Bauer Smirnov stand in der Tür und schaute auf die zwei *Plenni*, die im Schweinetrog wühlten. Sein Unterkiefer klappte herunter, während er entgeistert das Spektakel betrachtete.

„*Towarischtsch*, bitte …", murmelte Johann.

Der Bauer starrte ihn finster an. Die Ader in seinem Hals pulsierte drohend, doch dann drehte er sich um und ging.

„Er hat uns nicht bestraft", flüsterte Johann und schnaufte vor Schreck wie eine Lokomotive.

Reiner ließ sich auf den Boden fallen, während der Sabber ihm über die Lippen lief. „Er kommt bestimmt mit einem Wachmann zurück. Wir sollten besser ..."

„Besser was?" Es gab nichts, was sie tun konnten. Wenn Smirnov sie meldete, waren sie erledigt. Niemand würde einen deutschen Gefangenen auch nur fragen, ob die Anschuldigung stimmte oder nicht.

„Wir sollten besser unsere Henkersmahlzeit beenden und mit einem vollen Magen sterben", sagte Reiner und durchwühlte den Trog wieder nach essbaren Resten. Johann tat es ihm gleich, obwohl er dabei beinahe vor Angst starb.

Doch nichts geschah. Smirnov kehrte nicht zurück und es kam auch kein Wachmann. Sie räumten auf und gingen zum Kartoffelfeld, um dort mit ihren Kameraden weiterzuarbeiten. Kurz bevor es an der Zeit war, zum Lager zurückzukehren, tauchte der Bauer mit seiner Frau am Rand des Feldes auf und reichte den *Plenni* eine Flasche mit klarem Wasser. Die Flasche machte die Runde und Johann nahm einen maßvollen Schluck. Es war kaum genug, um seinen quälenden Durst zu löschen, aber eine willkommene Erfrischung vor dem langen Heimweg.

Er reichte Smirnov die Flasche zurück, der nicht mit der Wimper zuckte. Trotzdem glaubte Johann, ihn zwinkern zu sehen. Am Abend teilte er sein Brot in drei Teile und gab jeweils eins an Gerd und Helmut.

„Warum so großzügig?", fragte Helmut.

Es waren zu viele Männer um sie herum, also sagte er nur: „Ich bin nicht hungrig." Man konnte nie sicher sein, wer ein Spion war und einen Kameraden für eine Extramahlzeit verriet.

Helmut starrte ihn ungläubig an, nahm das Brot aber ohne

weiteres Zögern. Kauend sagte er: „Ich war nur einmal hungrig, seit diese Hundesöhne mich geschnappt haben. Immer."

Es war ein alter Witz, aber Johann konnte sich ein Grinsen nicht verkneifen. An diesem Tag fühlte er sich ironischerweise wie ein Mensch, glücklich und satt vom Schweinefraß.

Er arbeitete mehrere Wochen auf dem Bauernhof und Smirnov schaute jedes Mal weg, wenn die Gefangenen Essen verschlangen, das nicht für sie bestimmt war. Die Schweine schien es auch nicht zu stören.

Eines Abends lag eine Gruppe von Gefangenen im Gras vor den Baracken und genoss die Erholung. Wie üblich drehte sich die Unterhaltung um die Heimat.

„Wann glaubt ihr, werden sie uns gehen lassen?", fragte Reiner.

„Wer weiß das schon?" Gerd kratzte an den Mückenstichen auf seinen Armen. Diese kleinen Insekten waren sogar noch nervtötender als die Bettwanzen, die ihnen das Blut aussaugten.

Johann schaute in den hellblauen Himmel über ihm. Rosa und Orangetöne krochen vom Horizont herauf, als die Sonne im Westen unterging. Bald würde der Himmel in leuchtendem Orange und Rot brennen wie ein flackerndes Feuer.

Es ärgerte ihn. Mehr als ein Jahr war seit Kriegsende vergangen und die Russen machten keine Anstalten, ihre Gefangenen freizulassen. Für wen zum Teufel hielten sich diese Schweine eigentlich? Was gab ihnen das Recht, ihn und seine Kameraden gefangen zu halten ... und für wie lange? Würde er einen weiteren grausamen Winter überstehen müssen? Konnte er das?

Trotz der besseren Arbeitsbedingungen auf dem Kolchos bezweifelte Johann, dass er genug Durchhaltevermögen besaß, um einen weiteren Winter im Lager zu überleben. Die Wut, die so viele Monate in seinen Eingeweiden gegärt hatte, brach sich plötzlich Bahn.

„Diese verdammten Russen! Von wegen Antifaschismus! Der Kommunismus ist schlimmer, als es der Nationalsozialismus jemals war! Beten die heiligen Kühe Stalin, die Partei und den Fünfjahresplan an, egal ob es sinnvoll ist oder nicht. Früher oder später werden die ihr Volk und ihr Land mit dieser Dummheit ruinieren."

Helmut sah ihn zutiefst bestürzt an. „Leise. Wenn sie dich hören …"

„Lass es sie doch hören, Faschistenschweine!" Die Worte purzelten schneller aus seinem Mund, als er sie denken konnte. Als sein Verstand endlich einsetzte, klappte ihm die Kinnlade herunter und er blickte voller Angst in die Runde der Anwesenden. Gerd und Helmut würden ihn nicht melden, dessen war er sich sicher. Auch Reiner nicht, sein Komplize aus dem Schweinestall. Aber es gab zwei oder drei Männer, deren Loyalität er nicht recht einordnen konnte. Doch nun war es zu spät und er konnte nichts weiter tun als abzuwarten.

Er musste sich nicht lange gedulden. Bereits am nächsten Tag wurde er nach der Arbeit zur Lagerverwaltung gerufen. Nach einem kurzen Verhör entschied der Kommandant, dass er ab dem nächsten Tag von seinen Aufgaben auf dem Kolchos entbunden und stattdessen der Kohlenmine zugeteilt wurde.

Johann erinnerte sich nur zu gut an seine Arbeit im Steinbruch nach der Ankunft in diesem Lager und er zitterte unwillkürlich. Die Kohlenmine hatte den Ruf, ein noch schlimmeres Arbeitskommando zu sein.

Triumph blitzte in den Augen des Kommandanten auf, als er sagte: „Das wird dich den guten Willen des sowjetischen Volkes schätzen lehren."

Den guten Willen des sowjetischen Volkes. Johann unterdrückte das Verlangen, dem Beamten auf die Schuhe zu kotzen. Abgesehen vom Ehepaar Smirnov hatte niemand in all diesen Monaten einen guten Willen gezeigt. Aber er wusste es besser, als zu widersprechen, und hielt seinen Blick auf den Boden geheftet. Sein loses Mundwerk hatte ihn hierhergebracht und er hatte nicht vor, seine ohnehin prekäre Lage noch zu verschlimmern.

„Ja, *Gospodin* Kommandant", sagte er und wartete darauf, entlassen zu werden.

Draußen wartete Helmut gespannt auf ihn. „Und?"

„Die Kohlengrube."

„Verdammt", sagte Helmut schockiert. „Aber es hätte schlimmer kommen können."

„Das hätte es." Johann versuchte, gute Miene zum bösen Spiel zu machen. Sie hätten ihm Einzelhaft, Essensentzug, Prügel oder sonst eine Strafe aufbrummen können. „Ich vermute, ich sollte mich glücklich schätzen?"

„Einigen wir uns darauf, dass du öfter den Mund halten solltest." Helmut schenkte ihm ein schiefes Grinsen. Er hatte eine verhältnismäßig leichte Arbeit als Schlosser, weil die Russen seine Fachkenntnisse und seinen Ideenreichtum schätzten. Mehrmals hatte er versucht, Johann in seine Einheit versetzen zu lassen, aber es hatte nie funktioniert.

Johann wusste, dass sich sein Freund um ihn sorgte. Die Kohlengrube hatte die höchste Sterblichkeitsrate aller Arbeitseinheiten. Jeden Abend kehrten mehrere Männer nicht ins Lager zurück. Zumindest im Sommer – im Winter starben sie zu Dutzenden. Die unausweichliche Aufstockung der Kohlenmineneinheit war eines der gefürchtetsten Ereignisse im Lager.

„Bedeutet das, dass ich jetzt keinen Teil von deinen Rationen mehr bekomme?" Helmut setzte eine solche Trauermiene auf, dass Johann unwillkürlich lachen musste.

„Ich glaube, in Wirklichkeit bist du hier der Unglücksrabe."

„Ich glaube, das bin ich in der Tat. Und zwar, weil ich die ganze Nacht dein Gestöhne und Gejammer ertragen muss."

„Weißt du, was mich am meisten ärgert? Dass die Schlange, die mich verpfiffen hat, meine Arbeit auf dem Kolchos bekommt."

Helmut nickte. „Du musst vorsichtiger sein. Falls du es noch nicht bemerkt haben solltest, unter uns befindet sich ein ausgeklügeltes Netzwerk von Spitzeln und Informanten. Männer, die nicht zögern würden, ihre eigene Mutter an den Teufel persönlich zu verkaufen."

~

Am nächsten Tag trat Johann in seiner neuen Einheit an und trottete grübelnd zum Bergwerk. Mit einer unbedachten Äußerung hatte er seine Überlebenschancen drastisch reduziert.

Kalte Wut nahm Besitz von seinem knochigen Körper und hinterließ eine brennende Spur. War es ihm noch nicht einmal erlaubt, seine Abscheu über die grausigen Bedingungen auszudrücken? Natürlich kannte er die Antwort auf diese Frage.

Nein, war es nicht.

Er war der Feind, der verhasste Nazi, der Faschist. Es war egal, dass die Kommunisten das gleiche faschistische Regelwerk nutzten, das die Nazis perfektioniert hatten. Es war egal, dass die kommunistischen *Towarischtschi*, Genossen, die gleiche grausame Behandlung austeilten, die sie bei den Nazis verurteilt hatten. Zwei verschiedene Standards existierten: einer für die Deutschen und ein anderer für die Siegermächte.

Er und seine Mitgefangenen waren hier, um für die Sünden zu büßen, die ihr Land gegen die Sowjets begangen hatte. Sie mussten für all die Zerstörung geradestehen, die Deutschland während des Krieges angerichtet hatten.

In diesem Augenblick erkannte er, dass die Russen gar nicht vorhatten, sie gehen zu lassen. Zumindest nicht, bis deutsche Sklavenarbeit ihr Land vollständig wiederaufgebaut hatte. Genauso wie sie die deutsche Industrie demontiert und in die Sowjetunion geschickt hatten – und es nach wie vor taten – so hatten sie die arbeitsfähigen Männer des Landes gestohlen. Sie betrachteten die Gefangenen als Teil der Reparationszahlungen.

Bei der Erkenntnis drang ein Stöhnen aus seiner Kehle und seine Schultern sackten etwas weiter herab. Die deprimierende Aussicht, den Rest seines Lebens in Gefangenschaft zu verbringen, schwebte über seinem Haupt wie ein Damoklesschwert und ein Mantel der Verzweiflung legte sich um seine Schultern.

Ein Knüppel traf ihn zwischen den Schulterblättern und er schrie auf.

„Dawai, dawai", trieb der Wachmann ihn an. *Schnell, schnell.*

Die Männer erreichten das Bergwerk und Johann folgte einem der Gefangenen, der dort schon seit einiger Zeit arbeitete. Eingedenk der Erfahrungen aus dem Steinbruch imitierte er jede seiner Bewegungen.

Sie betraten einen Stollen, der mit jedem Schritt niedriger wurde. An seinem Ende war er weniger als einen Meter hoch und er sank neben den anderen Grubenarbeitern auf die Knie. Dann hackte er mit einer schweren Picke gegen die harten Wände.

Nach nur wenigen Minuten brannten seine Hände. Ohne Schutzhandschuhe schwoll die Haut an und bildete Blasen, die aufrissen und nässten. Nach einer Stunde bluteten seine Hände und seine schmalen Schultern verkrampften sich unter der Belastung.

Gott sei Dank krochen die Wachleute nie in den Stollen, sodass er seine Schultern und seinen Rücken ab und zu ausstrecken konnte, soweit es die Enge zuließ.

Karl, der Anführer der Gruppe, hatte Mitleid mit ihm und sagte: „Tausch den Platz mit Reinhard und bring die Kohle nach draußen. Teil dir deine Kräfte ein, aber sobald die Wachen dich sehen können, legst du einen Zahn zu."

„Danke", murmelte Johann und drückte sich an dem Mann vorbei, der seinen Platz einnahm. Die Erleichterung währte nur kurz, denn den räderlosen Karren mit der Kohle in gebückter Haltung zum Ausgang zu zerren, war genauso anstrengend, wie die Picke zu schwingen. Aber wenigstens bekam die aufgerissene Haut an seinen Händen eine kleine Verschnaufpause.

Am Eingang blinzelte er in das gleißende Sonnenlicht und brauchte einen Moment, um sich daran zu gewöhnen und sich ganz aufzurichten. Es dauerte einen Moment zu lange.

„Ugol, ugol, dawai, dawai!" Kohle, Kohle, schnell, schnell, brüllte

der Wachmann und stieß den Kolben seines Gewehrs in Johanns Rücken.

Rein und raus aus dem Stollen kroch er. Rein mit dem leeren Karren, raus mit dem vollen, der so schwer war, dass es ihn jedes Mal mehr Anstrengung kostete, ihn hinter sich her zu schleppen. Er tauschte noch zweimal mit Reinhard, wobei er lediglich die Art seiner Qualen änderte, nicht jedoch die Intensität.

Nach neun zermürbenden Stunden im Stollen riefen die Wachen endlich den Feierabend aus. Er schlurfte nach Hause, die Hände aufgeschürft und blutig, seine Schultern und der Rücken schmerzend, die Beine kaum in der Lage, seinen Körper zu tragen. Außerdem krampfte sein Magen vor Hunger.

Beinahe im Delirium träumte er davon, seinen Kopf in den Schweinetrog zu stecken und ihren Fraß zu stehlen. Eine der Säue näherte sich mit Verachtung im Gesicht und stieß ihn mit der Schnauze weg.

Im Lager warteten nur eine dünne Nesselsuppe und ein hartes Stück Brot auf ihn. Direkt nach dem Abendessen fiel er auf sein Bett und war nicht mehr in der Lage, aufzustehen und sich um seine anderen Aufgaben zu kümmern.

Halb schlafend hörte er Helmuts Stimme: „Keine Sorge, ich übernehme all deine Arbeiten."

Johann hielt zwei Wochen durch, dann brach er zusammen.

KAPITEL 11

E r wachte im Lagerlazarett auf, einer überfüllten Baracke, die sich kaum von den anderen unterschied. Im vorderen Bereich lagen die Patienten ohne ansteckende Krankheiten wie er. Es gab weder Medikamente noch eine besondere Pflege, aber ein russischer Arzt erschien jeden Morgen, um nach den Kranken zu sehen.

„Wie geht es Ihnen heute, Gefangener Hauser?", fragte ihn der Arzt.

„Hungrig", krächzte Johann.

Der Arzt sah ihn rügend an und tat so, als hätte er nichts gehört. Er maß Fieber, indem er eine Hand auf Johanns Stirn legte, nahm seinen Puls und machte eine Notiz in einer Liste. „Kategorie vier. Eine Woche."

Johann sah dem Arzt hinterher, wie er den Gang entlang ging und weitere Patienten untersuchte. Er hatte in weniger als einer Minute über Johanns Schicksal befunden. Kategorie vier. Ein schwaches Lächeln erschien auf seinen Lippen. Nicht arbeitsfähig. Eine ganze Woche! Das war fast wie im Paradies. Ein unbeschwerter Sommerurlaub.

Norbert, der deutsche Pfleger, der selbst Gefangener war, hatte mit zweihundert Kranken ordentlich zu tun. Obwohl er keine Mühen scheute, waren die Ergebnisse bestenfalls mager, denn er konnte nicht viel mehr bieten als sauberes Wasser und ein freundliches Wort. Trotzdem reinigte er unermüdlich Wunden, wusch die dreckigen Verbände, um sie wiederzuverwenden, und meldete die Toten nicht sofort, um ihre Rationen für einen weiteren Tag zu erhalten. Ohne Norbert wären noch viel mehr Patienten gestorben.

Nach drei Tagen Bettruhe hatte sich Johann soweit erholt, dass er wieder herumlaufen konnte. Helmut und Gerd waren jeden Tag für ein paar Minuten zu Besuch gekommen, aber er hatte viel zu viel Zeit zum Nachdenken. Und Nachdenken war nie gut, denn es führte unweigerlich zu Depressionen.

Am vierten Tag ging er vor die Baracke, um die Spätsommersonne zu genießen. Durch puren Zufall lief er einem Mitglied der Antifaschistenbrigade in die Arme, der mit der neuen Lagerbücherei angab. Er wollte mit diesen Leuten nichts zu tun haben, aber nach Tagen tödlicher Langeweile und zu vielen deprimierenden Gedanken folgte er dem Mann.

Die Bücherei entpuppte sich als ein Regal in dem Raum, wo die politischen Umerziehungsstunden abgehalten wurden. Sie enthielt in Summe zwanzig deutsche Bücher von Marx, Engels, Lenin, Stalin sowie ein Parteiprogramm der neu gegründeten SED, der Sozialistischen Einheitspartei in der sowjetisch besetzten Zone Deutschlands.

„Leichte Lektüre", sagte Johann, die Stimme triefend vor Sarkasmus. Eingedenk seiner schlechten Erfahrungen mit abfälligen Bemerkungen fügte er schnell hinzu: „Ich fange mit Lenin an, denke ich. Ist er nicht der große Vordenker des Marxismus-Leninismus, der die theoretische Basis für den Sozialismus bildet, wie wir ihn heute erleben dürfen?"

Der Antifaschist warf ihm einen misstrauischen Blick zu, doch er konnte ihn schlecht dafür rügen, dass er den großen Lenin pries.

Johann blieb drei Wochen im Lazarett, ehe er wieder für

arbeitstauglich befunden wurde. Sein Körper nutzte die Ruhephase, um etwas von seiner Kraft wiederzuerlangen und sein Geist wurde dadurch geschärft, dass er ein Buch nach dem anderen verschlang. Der Inhalt mochte öde und propagandistisch sein, doch der Akt des Lesens erreichte lang vergessene Bereiche seines Gehirns. Langsam erholten sich Geist und Körper.

~

Nach seinem Aufenthalt im Lazarett wurde er wieder der Sägemühle zugeteilt. Das Leben war hart, aber erträglich. Aus Wochen wurden Monate und der Winter kehrte zurück. Johann hätte inzwischen an die brutale Kälte gewöhnt sein sollen, aber seine körperliche Verfassung war schlechter geworden, als er realisiert hatte.

Jeder Tag war ein ständiger Kampf gegen die bittere, beißende, nasse Kälte, die in die Knochen drang und den Lebensgeist betäubte. Der Fluss war zugefroren und die Gefangenen rieben sich Hände und Gesichter mit Schnee ab, um den gröbsten Schmutz zu entfernen. Die Läuse und Bettwanzen froren ebenfalls und machten es sich zur Mission, in die tiefsten Ritzen der Männer zu kriechen, um warm zu bleiben.

Das Jucken trieb einen in den Wahnsinn und Johann kratzte sich, bis seine Haut blutete. Zudem versiegte die Lebensmittelversorgung und es gab noch spärlichere Rationen als im vorigen Winter. Dies war nicht weiter verwunderlich, denn die Nachrichten, die sie sporadisch von draußen bekamen, berichteten von einer furchtbaren Hungersnot in der gesamten Sowjetunion. Wenn die Russen selbst schon nichts zu beißen hatten, würden sie wohl kaum Essen für ihre Kriegsgefangenen erübrigen.

Kurz vor Weihnachten, das für die atheistischen Kommunisten nicht existierte, ereignete sich eine Tragödie. Gerd stolperte bei der Arbeit in der Sägemühle und die gefräßige Kreissäge schnitt ihm beide Arme ab. Ohne medizinische Versorgung erlag er innerhalb

80

von Stunden seinen Verletzungen. Die spitzen Schreie verfolgten Johann noch Wochen später in seinen Albträumen.

Als sein zweiter Jahrestag der Gefangenschaft heranrollte, wurden alle Männer seiner Baracke in das Klassenzimmer gerufen.

„Das wird wieder eine erhellende Unterrichtsstunde über die Vorzüge des Kommunismus", sagte Helmut, der seine wahre Meinung stets sorgfältig verbarg.

„Wenigstens können wir sitzen und es ist warm da drinnen", antwortete Johann. Manchmal wurden sie auch mit heißem Wasser oder *Kasha*, einem Hirsebrei, versorgt. Er hoffte, dass heute einer dieser Tage war, doch er wollte sich nicht zu sehr freuen.

„Warm ist gut. Ich hatte heute Erfrierungen an meiner Nase und den Wangen", sagte Reiner.

Johann beäugte ihn eingehend. „Scheint ja wieder in Ordnung zu sein."

„Ja, die Einheimischen haben mich angeschrien, ich soll mir das Gesicht mit Schnee abreiben."

„Mit Schnee?"

„Seltsam, oder? Aber es hat geholfen. Der Kreislauf kam wieder in Schwung und mein Gesicht ist noch intakt." Reiner zog eine Grimasse. Er wäre nicht der Erste, der Nase, Ohr oder einen Finger an die brutale Kälte verlor.

„Oh Mann, lasst uns von etwas anderem reden", sagte Helmut, als sie das Klassenzimmer erreichten und auf den Stühlen Platz nahmen.

Doch anstatt des politischen Beamten, der normalerweise die ideologischen Reden schwang, betrat der Lagerkommandant den Raum. Er hatte eine Kiste unter dem Arm, die er auf den Schreibtisch vor sich stellte. Alle im Raum reckten die Hälse, um einen Blick hineinzuwerfen.

„Großer Gott, das sind Briefe", zischte Reiner.

„Briefe?" Plötzlich raste Johanns Herz in wildem Galopp. Würde die zweijährige Durstphase ohne Nachrichten von seinen Lieben heute enden? Er schaute auf seine zitternden Hände, ehe sein Blick

Helmut streifte, der weiß wie eine Wand geworden war, mit hektischen roten Flecken auf den Wangen.

„Nervös?", fragte er seinen Freund.

„Ich wünsche mir so sehr, dass meine Mutter noch lebt."

Johann konnte kaum atmen, während die Empfänger der Briefe aufgerufen wurden.

Nach einer halben Ewigkeit sagte der Beamte: „Johann Hauser."

Er erstarrte vor Ehrfurcht und blinzelte noch nicht einmal, bis Helmut ihn anstieß und flüsterte: „Das bist du. Geh!"

Beflügelt schritt er nach vorn, den Blick auf den braunen Umschlag fixiert. „Danke, *Gospodin* Kommandant", sagte er, als der Beamte ihm den Brief aushändigte. Sofort erkannte er Lottes Handschrift und sein Herz machte einen Sprung. *Sie lebt!*

Mit bebenden Händen zog er das Blatt Papier heraus und hielt es an sein Gesicht, um einen Hauch ihres lieblichen Dufts zu erhaschen. Er fuhr ihre Handschrift mit dem Finger nach, strich das Blatt glatt und begann zu lesen.

Mein liebster Johann,

wie froh war mein Herz über die Nachrichten von Dir. Dein Freund hat auf dem Weg zu seiner Familie in Berlin Halt gemacht und mir eine Holzpuppe gegeben, die ich immer in meiner Handtasche habe. Sie erinnert mich an Dich, mein Liebling, und gibt mir Mut.

Seine Hand sank herab und er sagte zu Helmut: „Karsten ist sicher in der Heimat angekommen."

„Gott sei Dank. Ich habe mir solche Sorgen gemacht, dass er die lange Reise nicht übersteht." Helmut zeigte ehrliche Erleichterung.

„Aber sie haben ihm meinen Brief abgenommen."

„Das war zu erwarten. Du weißt, wie gründlich sie bei ihren Durchsuchungen sind."

Johann nickte und dachte dankbar an Karsten, der extra nach Berlin gefahren war, um Lotte persönlich über seinen Verbleib zu informieren. Er las weiter.

Du kannst Dir nicht vorstellen, welche Sorgen ich mir um Dich gemacht habe. Jetzt weiß ich wenigstens, dass Du gesund und munter bist.

Bitte pass gut auf Dich auf und bleib gesund. Ich werde geduldig warten, bis Du an meine Seite zurückkehrst. Ich weiß, wir haben nie darüber gesprochen, und es ist ein kühner Schritt meinerseits, dies schriftlich kundzutun, aber ich wünsche mir sehnlichst, mein Leben mit Dir zu verbringen.

Ich bin im August 1945 nach Berlin zurückgekehrt und habe herausgefunden, dass meine Schwestern Anna und Ursula und meine Mutter noch leben. Dafür bin ich unglaublich dankbar. Aber was noch besser ist: Unser vermisster Bruder Richard ist auf wundersame Weise auf dem Hof meiner Tante aufgetaucht.

Jetzt, da der Krieg vorbei ist, tritt allmählich wieder Normalität ein. So viel von Berlin wurde zerstört, aber alle arbeiten hart daran, unsere schöne Stadt wiederaufzubauen. Ursprünglich habe ich als Trümmerfrau gearbeitet und den Schutt von den Straßen geräumt, aber im Herbst habe ich mein erstes Semester Jura an der Universität von Berlin begonnen. Bisher gefällt mir das Studium und ich will Anwältin werden. Mein größter Wunsch ist es, Dich bei dieser aufregenden, aber anstrengenden Reise an meiner Seite zu haben.

Ich habe mir erlaubt, Deiner Mutter einen Brief zu schreiben, sobald ich die Nachricht von Dir erhalten hatte. Mit untröstlichem Herzen muss ich Dir nun leider mitteilen, dass Deine Eltern verstorben sind. Es tut mir so leid, mein Liebster.

Seit dem Tag, als Dein Freund vorbeikam, habe ich ohne Fehl jeden Monat einen Brief an Dich geschrieben, obwohl die freundliche Dame vom Roten Kreuz mir gesagt hat, dass es trotz bester Bemühungen der sowjetischen Regierung beinahe unmöglich ist, Post an so viele Gefangene auszuliefern.

Wie dem auch sei, ich werde Dir weiter schreiben in der Hoffnung, dass einer meiner Briefe seinen Weg zu Dir findet. Wenn Du kannst, schreib mir bitte zurück.

Für immer,
Deine Lotte

. . .

Johanns Herz schwoll beim Lesen ihrer Zeilen und er spürte Tränen in den Augen.

Zum Glück erhob sich einer seiner Mitgefangenen, um zu sprechen. „*Gospodin* Kommandant, dürfen wir zurückschreiben?"

Damit erwischte er den Kommandanten unvorbereitet. Der Bürokrat musterte die zweihundert hoffnungsvollen Männer im Raum. Vielleicht erweichte die geballte Sehnsucht sein Herz, denn er sagte: „Natürlich. Ich werde heute Abend Postkarten verteilen lassen."

Tatsächlich verteilten die Wachleute später am Abend eine Postkarte an jeden Mann mit der Auflage, höchstens fünfzig Worte und nur Positives zu schreiben.

„Was zum Teufel soll ich denn dann schreiben?", beschwerte sich Johann.

„Über das Wetter vielleicht?", bot Reiner an.

„Schreib deinem Mädel, wie sehr du dich über ihren Brief gefreut hast und dass du jeden Tag an sie denkst", schlug Helmut vor.

Johann runzelte die Stirn. Es wäre kein Problem, Lotte zu sagen, wie sehr er sie liebte und dass er sich genauso sehr danach sehnte, an ihre Seite zurückzukehren, wie sie es tat. Doch ein quälender Gedanke hielt ihn davon ab.

Während seine Kameraden die erlaubten fünfzig Worte auf ihre Postkarten kritzelten, starrte er Löcher in die Luft.

„Was ist?", fragte Helmut.

„Nichts."

„Aha." Helmut tippte ihn am Arm an, wo mal sein Bizeps gewesen war. „Warum ist deine Postkarte dann noch leer?"

„Es ist nur ..." Johann seufzte. „Was ist, wenn sie mich nicht mehr will?"

Helmuts Gesicht zeigte Besorgnis. „Hat sie das geschrieben?"

„Nicht wirklich ... aber ..."

„Was steht denn in dem Brief?"

„Dass sie mich liebt …“

Reiner mischte sich in das Gespräch ein. „Und woraus genau entnimmst du jetzt, dass sie dich nicht mehr will?“

„Ich bin ein Mühlstein um ihren Hals.“

Beide Freunde starrten ihn mit großen Augen an, bis Helmut verlangte: „Lass mich ihren Brief lesen.“

Wortlos händigte Johann ihn aus und biss sich auf die Lippen, während Helmuts Augen den Text überflogen. Sein Freund würde die versteckte Drohung erkennen, oder nicht? Johann war ihr so unterlegen; sie würde schreiend weglaufen, wenn ihr die Wahrheit bewusst wurde.

„Heilige Scheiße!“, rief Helmut.

„Was ist?“, fragten Reiner und ein weiterer Bettnachbar neugierig.

„Sie hat dir einen Heiratsantrag gemacht.“ Helmut gab den Brief zurück und sah Johann an. „Diese Frau ist bis über beide Ohren in dich verliebt.“

„Ja … aber … hast du den Teil über ihr Jurastudium nicht gelesen?“

Sein Freund nickte. „Doch, habe ich. Was ist daran so schlimm?“

Johann verbarg sein Gesicht in den Händen. „Sie wird Anwältin und ich? Ein Arbeitssklave, der nichts gelernt hat, außer Soldat zu sein.“

„Ernsthaft?“, fragte Reiner.

Johann nickte.

„Wenn sie dir das vorhält, dann taugt sie nichts“, sagte Heinz.

„Schau mal. Du warst Leutnant bei der Wehrmacht, das ist doch was“, sagte Helmut.

„Ehemalige Wehrmachtsoldaten stehen gerade nicht sonderlich hoch im Kurs.“ Johann wollte ihnen glauben, aber wie konnte er? Lotte würde nicht von jemandem wie ihm heruntergezogen werden wollen. Im Moment glaubte sie das vielleicht, weil ihre Verliebtheit und die schöne Zeit, die sie in Warschau zusammen verbracht hatten, sie blendete. Aber sobald sie der Realität ins Auge blickte, würde sie sich angewidert von ihm abwenden. „Hast du mich in letzter Zeit mal genau angeguckt? Irgendeinen von uns?"

„Da ist nichts, was eine Dusche und reichhaltiges Essen nicht beheben könnten", sagte Helmut leichthin. „Und wenn wir erst in der Heimat sind —"

„Falls", unterbrach Johann ihn.

„Wenn, nicht falls." Helmut fixierte jeden der drei Kameraden der Reihe nach mit seinem Blick. „Wenn wir nach Hause kommen, wird jeder von uns ein neues Leben anfangen. Wir werden das mit der gleichen Hartnäckigkeit tun, mit der wir uns jetzt ans Überleben klammern. Du, Johann, kannst einen Beruf erlernen oder zur Universität gehen. Alles ist möglich. Das zivile Leben daheim wird um so vieles leichter sein als alles, was wir hier erleben, und das ist unser Vorteil. Wir werden nicht darüber jammern, wie schwer es ist, um fünf Uhr morgens aufzustehen ..." Die Männer nickten. „... oder dass es zu mühselig ist, nachts zu lernen oder schwere Lasten zu schleppen oder auch nur, dass es zu kalt ist, um rauszugehen."

Johann hatte in seiner Gefangenschaft noch nie etwas Positives gesehen, aber so, wie Helmut es jetzt darstellte, klang es gar nicht so schlecht. Er wünschte, er hätte den unumstößlichen Optimismus seines Freundes.

„Gut, ich schreibe ihr", sagte er mit einem Lächeln und träumte bereits davon, wie sie ihre weichen Kurven an ihn presste.

KAPITEL 12

Woronesch, Juni 1947

Der schreckliche Winter verging, doch diesmal brachte der Frühling nicht die erwartete Erleichterung. Eine furchtbare Hungersnot hielt Russland fest im Griff. Die Einheimischen verhungerten und die *Plenni* starben wie die Fliegen.

„Jeden Tag geben sie uns weniger zu Essen und zwingen uns, noch mehr zu arbeiten!", grummelte Johann, während er in die Schüssel in seiner Hand schaute. Suppe war eine euphemistische Bezeichnung für das heiße Wasser darin. Es war nicht annähernd genug, um den nagenden Hunger zu lindern, nicht einmal angereichert mit dem Löwenzahn und Moos, das er auf dem Weg zur Arbeit gesammelt hatte.

„Es ist ein geringes Opfer, das wir für die glorreichen Tage erbringen, wenn wir die Früchte des Kommunismus ernten dürfen", rügte ihn einer der frischgebackenen Antifaschisten.

Johann schaute die Suppenschüssel finster an, erinnerte sich aber an die harte Lektion, die er für seine Kritik am Regime erhalten hatte. Er unterdrückte die Ironie in seiner Stimme und antwortete: „Du hast recht. Aber es ist trotzdem schwer."

„Niemand hat behauptet, dass es ein Kinderspiel wird. Wir müssen ein ganzes Land verändern und Millionen von Menschen umerziehen. Natürlich gibt es da einige Problemchen."

Johann betrachtete die schlimmste Hungersnot seit einem Jahrzehnt nicht als unvermeidliches Problem, sondern als gravierende Misswirtschaft seitens der Kommunisten. Durch Erfahrung klug geworden, behielt er seine Gedanken jedoch für sich.

„Irgendeine Ahnung, wie lange es dauert, bis wir Teil dieser neuen und besseren Welt sein werden?", murmelte Reiner.

Der Antifaschist sah ihn missbilligend an. „Nicht mehr lange, bis unsere Opfer großzügig belohnt werden."

Sobald er weg war und nur noch Johann, Reiner und Helmut beisammen saßen, sagte Johann: „Klingt sehr nach der Bibel. Büße jetzt für eine ungewisse, bessere Zukunft, die in sehr weiter Ferne liegt."

Helmut seufzte. „Selbst wenn du den Unterschied nicht siehst, weil dein Herz verbittert ist, gibt es einen großen Unterschied zwischen Gottes Nachricht und dem Kommunismus. Gott ist gütig und möchte, dass wir unseren Nächsten genauso lieben, wie uns selbst, während der Kommunist möchte, dass du ihn denunzierst."

„Lass die Kommunisten bloß nicht deine Blasphemie gegen ihren Gott Stalin hören."

„Ich frage mich immer, ob die neu bekehrten Antifa-Jungs diesen Scheiß wirklich glauben", sagte Reiner. „Oder spielen sie einfach nur nach den neuen Regeln?"

Johann verzog das Gesicht. „Angesichts der Tatsache, dass die sowjetische Auslegung des Kommunismus nichts anderes ist als eine schlecht getarnte Kopie des Nationalsozialismus, glaube ich eher, dass die ehemaligen Gläubigen eine neue Religion gefunden haben."

„Und seit wann bist du Experte für Kommunismus?", fragte Helmut.

„Seit ich alle zwanzig Bücher in der Lagerbücherei zu dem Thema durchgelesen habe."

„Hast du? Warum um alles in der Welt das denn?", fragte Reiner.

Johann schnaubte. „Weil es die einzigen Bücher waren, die unsere wundervolle Bücherei besitzt. Und weil mir langweilig war … nicht arbeiten zu müssen, wenn man als Kategorie vier eingestuft wird, ist Segen und Fluch zugleich. Du liegst den ganzen Tag im Bett und während sich dein Körper erholt, begeben sich deine Gedanken auf sehr unschöne Bahnen … also war es besser, den kommunistischen Müll zu lesen, als daran zu denken, auf wie viele Arten mich diese Hundesöhne umbringen, ohne einen Finger zu rühren."

„Still. Wenn sie dich hören …", warnte Reiner ihn.

Johann schaute sich um, aber niemand war in der Nähe. „Siehst du? Wir können noch nicht einmal unsere Meinung sagen. Ist das nicht genau das Gleiche wie bei den Nazis? Die gleichen Strafen für Dissens? Leute hungern und sich in Lagern zu Tode schuften lassen? Das Einzige, was die Sowjets nicht tun, sind die Massenerschießungen, und weißt du, warum?"

Seine Freunde wurden mit jedem Wort blasser, aber er ignorierte ihre verängstigten Gesichter.

„Ich sag euch, warum. Weil sie unsere Arbeitskraft brauchen, um ihr beschissenes Land wieder aufzubauen. Sie würden so viel mehr erledigt kriegen, wenn sie uns gut behandeln würden. Aber das wollen sie nicht. Sie wollen uns tot sehen, uns alle. Und während sie uns zugrunde gehen lassen, saugen sie zuerst den letzten Tropfen Blut aus unseren Körpern wie diese verdammten Mücken."

„Du bist aufgebracht …" Helmut versuchte, ihn zu beschwichtigen, aber Johann konnte sich nicht mehr zurückhalten. Die Wut, der Schmerz, die enttäuschten Hoffnungen, alles brodelte schon zu lange in ihm und suchte nach einem Ventil.

„Ich bin aufgebracht und das mit Recht! Was die hier machen, sind Kriegsverbrechen."

„Wir sind nicht mehr im Krieg …", sagte Reiner.

„Siehst du? Der verdammte Krieg ist seit zwei Jahren vorbei und wir sind immer noch hier. Und weißt du was? Ich schäme mich."

„Wofür schämst du dich?" Die Tür ging auf und einer der Antifa-Brigadisten betrat den Raum.

Johann funkelte ihn an. „Ich schäme mich dafür, dass ich einmal an Hitler und seine Idee geglaubt habe, Deutschland wieder groß zu machen. Wie konnte ich nicht erkennen, wie das enden würde? Wie konnte ich die ersten Warnzeichen übersehen? Wie konnte ich diese grausamen Dinge geschehen lassen und mich nicht erheben, um sie zu stoppen? Warum war ich so dumm?"

Der Mann sah ihn fragend an. „Warum trittst du dann nicht der Antifa-Brigade bei, wenn du so denkst?"

Ja, warum? Johann hatte zu große Angst, dem Mann zu sagen, dass der Kommunismus nur eine andere Form des Faschismus war, und er hasste sich für seine Feigheit – wieder einmal. „Weil ich fürchte, noch einen Fehler zu machen."

„Also glaubst du nicht, dass Antifaschismus gut ist?"

„Ich glaube auf jeden Fall, dass Faschismus schlecht ist." Johann wollte nicht wieder in gefährliches Fahrwasser geraten. Zum Glück unterbrach der Ruf zur Nachtruhe das Gespräch und er flüchtete schnurstracks in sein Bett.

KAPITEL 13

Berlin, September 1947

Lottes älteste Schwester Ursula hatte im vergangenen Frühjahr geheiratet und lebte jetzt bei ihrem Mann Tom in der britischen Garnison. Vater war nach vier Jahren russischer Gefangenschaft im Herbst mehr tot als lebendig zurückgekehrt und hatte gemeinsam mit Mutter Berlin verlassen, um nach Bayern zu ziehen.

Jetzt verblieben nur noch Lotte und ihre zweite Schwester Anna in der Familienwohnung. Aber Anna war so mit ihrer Arbeit und ihrem Mann beschäftigt, dass sie kaum Zeit für Lotte hatte, selbst bevor sie schwanger geworden war. Während Lotte ihren Schwestern ihr Glück gönnte, fühlte sie sich oft einsam und verlassen.

Es half auch nicht, dass ihre Freunde an der Universität sie drängten, nach vorn zu schauen und ihr Leben zu genießen. Die Worte nagten sowohl an ihrem Verstand als auch an ihrem Herzen.

Der Krieg ist vorbei und du bist jung. Du musst das Leben genießen. Warum kommst du nicht mit uns zum Tanzen? Komm, wir machen uns einen schönen Abend, treffen ein paar GIs und lassen uns von ihnen einladen.

Ihr einundzwanzigster Geburtstag stand kurz bevor und sie fühlte sich plötzlich schrecklich alt. Alle anderen Mädels an der Universität hatten entweder einen Freund oder waren bereits verheiratet. Manche betrachteten sie mitleidig, andere ungläubig und nannten sie hinter ihrem Rücken eine alte Jungfer.

Es war fast drei Jahre her, seit sie Johann das letzte Mal gesehen hatte. Obwohl ihr Herz nicht an ihrer Liebe zu ihm zweifelte, flehte ihr Kopf sie oft an, dem Rat ihrer Kommilitonen zu folgen und ihn zu vergessen.

Vor achtzehn Monaten war Karsten zu Besuch gewesen, um ihr die Nachricht über Johanns Verbleib zu überbringen. In dieser Zeit hatte sie achtzehn Briefe geschrieben und beim Roten Kreuz abgegeben. Aber sie hatte noch immer keine Antwort erhalten. Langsam kam ihr die Hoffnung abhanden.

Eine einzelne Träne rollte über ihre Wange. Mehr und mehr Männer – kranke, gebrochene Hüllen – kehrten aus russischer Gefangenschaft zurück. Alle hatten ähnliche Geschichten zu erzählen, wenn sie überhaupt redeten. Und nichts von dem, was sie sagten, gab Lotte die Beruhigung, nach der sie sich so sehr sehnte.

Es wäre ein Wunder, wenn Johann noch lebte. Wie lange konnte ein Mann die harte Sklavenarbeit nahezu ohne Nahrung durchhalten? Ein Jahr? Oder zwei? Vier Jahre, wie ihr Vater?

Sie seufzte und packte ihre Sachen, um zur Uni zu fahren.

„Hallo Lotte, was machst du so?" Dietrich, ein Kommilitone, gesellte sich am Eingang des Gebäudes zu ihr.

„Nicht viel. Meistens stehe ich Schlange für Rationen, wenn ich nicht gerade lerne."

„Macht deine Mutter das nicht?"

„Sie lebt nicht in Berlin."

„Oh. Ich könnte mir nicht vorstellen, zusätzlich zum Studium noch irgendetwas anderes zu machen. Es ist so schon extrem zeitaufwändig", jammerte er.

Natürlich kannst du das nicht, weil du ein Mann bist und die Frauen in deiner Familie die ganze Last auf sich nehmen, dachte sie leicht genervt.

„Ein paar von uns gehen am Wochenende tanzen. Würdest du mit mir gehen?", fragte er kurz vor dem Hörsaal.

„Dietrich, vielen Dank für die Einladung, aber ich fürchte, ich wäre keine gute Gesellschaft. Mein Herz gehört schon jemand anderem."

Seine Augen wurden schmal. „Wirklich? Ich sehe dich nie mit jemandem."

Die Notwendigkeit, sich zu rechtfertigen, warum sie sich für einen Mann aufhob, der vielleicht nie zurückkehrte, tauchte sofort wieder auf. „Das liegt daran, dass er immer noch in Kriegsgefangenschaft ist."

„Nach so langer Zeit? Bist du dir sicher, dass er noch lebt?"

„Nein, bin ich nicht! Aber solange ich noch die Hoffnung im Herzen trage, gehe ich mit keinem anderen Mann aus." Sie spuckte die Worte förmlich aus und scherte sich nicht um seinen verletzten Gesichtsausdruck.

Im Hörsaal angekommen, suchte sie nach bekannten Gesichtern. Eine ihrer Freundinnen winkte ihr zu und Lotte ließ Dietrich stehen.

„Hallo Lotte. Hat Dietrich dich zum Tanzen eingeladen?", fragte Marlene.

„Ja." Lotte packte ihre Sachen aus und legte Notizblock sowie Bleistift vor sich auf das Pult.

„Und … was hast du gesagt?"

Lotte schnaubte empört. „Natürlich habe ich abgelehnt."

„Hast du nicht!" Marlene sah sie mit weit aufgerissenen Augen an. „Natürlich hast du. Es ist vollkommen verrückt, weiter auf deinen Soldaten zu warten. Wie lange wart ihr überhaupt zusammen?"

„Drei Monate." Das war noch hoch gegriffen, denn in diese Zeitspanne war der Warschauer Aufstand gefallen, währenddessen sie die meiste Zeit getrennt gewesen waren.

„Drei Monate!", quiekte Marlene. „Du bist drei Monate mit ihm ausgegangen und jetzt glaubst du, du schuldest ihm ewige Treue? Was, wenn er zurückkommt und ihr beide euch nicht einmal mehr wiedererkennt? Solche Dinge passieren, weißt du? Dann hast du Jahre deiner Jugend verschwendet."

Lotte schürzte die Lippen. „Hitler und die Nazis haben mir den Großteil meiner Jugend gestohlen und es ist ja nicht so, als würde ich das Leben nicht genießen ..." Sie wollte mehr sagen, aber der Professor betrat den Hörsaal und alle Gespräche erstarben.

Trotz ihrer Sicherheit, was ihre Gefühle für Johann anging, blieb ein nagender Zweifel. War es möglich, dass sie sich auseinandergelebt hatten und sie sich an ein Bild von ihm klammerte, das gar nicht mehr existierte? So viel war geschehen und sie hatte sich verändert, seit sie sich das letzte Mal gesehen hatten. Er musste sich auch verändert haben. War ihre Liebe stark genug, um dort anzuknüpfen, wo sie aufgehört hatten?

Plötzlich spürte sie das Ticken einer Uhr. Jede verstreichende Sekunde entfernte sie weiter von Johann.

Tick-Tack.

Tick-Tack.

Nein! Er würde zu ihr zurückkehren. Das hatte die verrückte alte Frau in Dänemark doch prophezeit, nicht wahr? Lotte war zwar nicht abergläubisch und glaubte nicht an Zauberei, aber je mehr Zeit verging, desto mehr klammerte sie sich an Ingrids Worte. Sie wollte, dass sie sich bewahrheiteten. *Er wird zurückkommen. Ja, das wird er.*

Nach der Uni stand sie für Lebensmittel an und erledigte unterdessen ihre Hausaufgaben. Als sie nach Hause ging, bemerkte sie, dass Berlin langsam wieder mehr wie eine Stadt aussah als ein Trümmerfeld. Stolz erfüllte sie. Sie hatte ihren Teil dazu beigetragen, indem sie monatelang als Trümmerfrau geschuftet hatte, bevor sie mit dem Studium begann. Selbst jetzt arbeitete sie jedes Wochenende, um die mageren Rationen aufzustocken, die sie als Studentin erhielt.

Zum Glück musste sie sich keine Gedanken um die Miete machen, denn Anna und Peter arbeiteten beide und hatten angeboten, diese Last zu schultern, damit Lotte sich dem Studium widmen konnte.

Als sie die Tür aufschloss und die Wohnung betrat, erspähte sie ihre Schwester schmusend mit Peter auf dem Sofa. Sie waren so ineinander vertieft, dass sie sie nicht bemerkten. Lotte sah sie einen Moment lang neidisch an, ehe sie sich umdrehte und die Tür schloss – lautstark. Dann ließ sie sich jede Menge Zeit, Mantel und Handschuhe auszuziehen und ihre abgenutzten Schuhe neben Annas zu stellen.

Als sie das Wohnzimmer betrat, saßen Peter und Anna artig nebeneinander auf dem Sofa, als sei nichts geschehen. Aber Lotte machten sie nichts vor. Annas gerötete Wangen und der Glanz in ihren blauen Augen verriet sie.

„Hallo ihr beiden. Gibt es Abendessen?", fragte sie so beiläufig wie möglich.

„Oh, ich, wir … wir sind gerade erst nach Hause gekommen und haben beide in der Kantine gegessen", sagte Anna und strich ihren Rock glatt. „Soll ich dir was machen?"

„Nein danke. Ich esse eine Scheibe Brot. Wo ist Jan?"

Peter grinste. „Offiziell mit Freunden unterwegs. Er wird nicht vor acht zu Hause sein."

„Offiziell?"

„Er hat sich in ein Mädel verguckt", klärte Anna sie über Peters fünfzehnjährigen Sohn auf.

„Oh." Lotte floh in die Küche, ehe ihre Gefühle sie überwältigen konnten. Die ganze Welt schien von glücklichen Pärchen bevölkert zu sein – abgesehen von ihr.

„Jan hat gesagt, es ist Post für dich gekommen," rief Anna ihr hinterher.

Auf dem Küchentisch lag eine Postkarte mit einem Stempel vom

Roten Kreuz. Ihr Herz klopfte wild und sie konnte plötzlich nicht mehr atmen. Zitternd näherte sie sich dem Tisch und erwartete beinahe, dass die Postkarte sich vor ihren Augen auflösen und als eine Ausgeburt ihrer Fantasie entpuppen würde.

Doch sie lag immer noch da. Unbeweglich. Lotte schlich sich heran und schnappte danach. Ihr Name stand darauf. In *seiner* Handschrift. Zittriger, als sie sie in Erinnerung hatte, aber eindeutig seine. Sie ließ sich auf den Stuhl fallen und presste die Postkarte einige lange Augenblicke an ihr Herz. Dann hob sie sie vor ihre Augen und las:

Liebste Lotte,

Es hat mir viel Freude gemacht, zu wissen, dass Du noch Meine bist. Ich bin gesund und munter. Vermisse Dich, aber sonst geht es mir gut und ich hoffe, bald entlassen zu werden. Ich kann es kaum erwarten, Dich in meinen Armen zu halten.

In ewiger Liebe,

Johann

Die Tränen liefen ihr über die Wangen und sie krächzte: „Anna! Komm!"

Anna hastete in die Küche und fragte besorgt: „Was ist los?"

„Eine Postkarte. Von Johann."

„Oh, Schwesterherz." Anna legte die Arme um Lotte und drückte sie. „Das sind so gute Neuigkeiten."

KAPITEL 14

Die *Plenni* lebten in einer ständigen Achterbahn der Gefühle zwischen Hoffnung und Enttäuschung. Zusammen mit den körperlichen Strapazen sorgte es dafür, dass immer mehr Männer innerlich aufgaben.

Einige erholten sich nach ein paar Tagen im Lazarett, doch andere ergriffen drastische Maßnahmen. Sie traten auf dem Weg zur Arbeit aus der Reihe, wohlwissend, dass die Wachen sie ohne Zögern erschossen.

Eines Morgens tauchten Offiziere des MWD, des Ministeriums für innere Angelegenheiten, im Lager auf. Ihre Ankunft erfüllte Gefangene und Wachleute gleichermaßen mit Schrecken, denn der MWD war die Nachfolgeorganisation des NKWD, die mit der berüchtigten Gestapo vergleichbar war.

„Die führen nichts Gutes im Schilde", sagte Helmut nach dem Appell.

„Warum sind die hier?"

„Keine Ahnung. Pass auf, was du sagst, ja?"

Johann nickte und stapfte zur Arbeit. Als sein Arbeitskommando elf Stunden später zurückkehrte, hatte sich eine merkwürdige

Nervosität über das Lager gelegt. Er lief einem der Antifa-Jungs in die Arme und fragte ihn: „Was ist los?"

„Die zerren schon den ganzen Tag Gefangene in ihre Verhörräume."

„Verhörräume?"

„Ja."

„Wozu?"

„Das weiß keiner."

„Gefangener Hauser, mitkommen!" Ein Wachmann hatte Johann erspäht und hakte ihn auf einer Liste in seiner Hand ab.

Ein Schauer lief über Johanns Rücken. Zweifelsohne wollte der MWD ihn verhören. Aber wozu? Was wollten die? Johann hatte den Großteil des Krieges im Büro gearbeitet und die Logistik mit der Front koordiniert. Erst in den letzten Monaten hatte er wirklich kämpfen müssen.

Er betrat den kleinen Raum im Verwaltungsgebäude, in dem sich nur vier Stühle und ein Tisch befanden. Zwei der Stühle waren von gut genährten Männern in Uniform besetzt.

„Setzen", befahl der Ältere.

Johann gehorchte. Kaum hatte er Platz genommen, ging die Tür auf und eine attraktive junge Frau trat ein. Sie schlenderte zu Johann, als bemerkte sie die beiden MWD-Leute gar nicht. Unwillkürlich hielt er die Luft an und wartete auf die unvermeidliche Rüge.

„Guten Abend, Leutnant Hauser. Mein Name ist Olga Saltanova. Kommandant Toporov hat einige Fragen an Sie und ich habe die Ehre zu übersetzen", sagte sie mit einem Lächeln.

„*Towarischtsch* Saltanova", stotterte er.

„Nein, bitte. Nennen Sie mich Olga." Sie reichte ihm eine manikürte Hand.

„Olga." Vollkommen verdutzt nahm er ihre Hand und atmete ihr exquisites Parfüm ein. Ihr Gesicht war rund und rosig mit hohen Wangenknochen und wunderschönen braunen Augen. Sein Blick ruhte nicht lange auf ihrem aufwändigen Make-up. Ganz automatisch wanderte er nach unten zu ihrem großzügigen Ausschnitt, der ihre vollen und prallen Brüste zur Geltung brachte.

Seit Jahren hatte er keine so schöne und reizvolle Frau mehr gesehen und der Anblick ihres Dekolletés in Kombination mit dem schweren Parfüm machte ihn schwindelig. Gerade noch rechtzeitig hielt er sich davon ab, sich über die trockenen Lippen zu lecken. Zu seinem Entsetzen verspürte er ein längst vergessenes Kribbeln in seiner Lendengegend.

Kommandant Toporov fragte etwas auf Russisch, aber Johann hatte sämtliche Sprachkenntnisse vergessen. Seine Aufmerksamkeit war auf die Linie geheftet, wo Olgas Brüste zusammentrafen.

„Der Kommandant würde gern wissen, ob Sie in Ihrer Zeit bei der Wehrmacht Zivilisten erschossen haben", übersetzte sie Toporovs Worte.

Johann riss seinen Blick von ihr los und sah den Kommandanten an. „*Gospodin* Kommandant. Nein, ich habe nie auf Zivilisten geschossen."

Olga übersetzte seine Antwort und wartete, während die nächste Frage gestellt wurde. Ob er wollte oder nicht, er musste ihr ins Gesicht sehen, als sie ihn wieder ansprach. „Wie viele Häuser von friedliebenden Zivilisten haben Sie niedergebrannt?"

„So etwas habe ich nie getan", erwiderte Johann.

Das Verhör dauerte zwei Stunden, in denen die gleichen Fragen ständig wiederholt wurden. Es wurde zusehends schwieriger, sich auf seine Antworten zu konzentrieren, denn jedes Mal, wenn er Olga ansah, zuckte und kribbelte seine Männlichkeit. Nach Jahren, in denen er keine Frau, außer der Ärztin, aus der Nähe gesehen hatte, konnte er seine Reaktionen auf die üppigen Brüste, die ihm praktisch ins Gesicht gehalten wurden, nicht kontrollieren.

„Welche sonstigen Gräuel haben Sie an den friedliebenden russischen Zivilisten begangen?"

„Ich habe niemals auch nur einen Fuß auf russischen Boden gesetzt, ehe ich als Kriegsgefangener hierhergebracht wurde."

Das Gesicht des Kommandanten zuckte und er wechselte ein

paar Worte mit Olga. Johann konnte an seinem Gesichtsausdruck ablesen, dass er sehr wohl Deutsch verstand und keinen Übersetzer benötigte. Olga war einzig und allein hier, um ihn abzulenken, damit er sich in Widersprüche verstrickte.

Er schwor sich, jedes Wort auf die Goldwaage zu legen. Es wäre nicht das erste Mal, dass die Sowjets einen Satz aus dem Zusammenhang rissen und seine Bedeutung ins Gegenteil verkehrten.

„Also geben Sie zu, dass Sie Verbrechen gegen Zivilisten anderer Nationalitäten begangen haben?", fragte Olga.

„Nein. Ich habe nie einem Zivilisten geschadet, weder Russen noch sonst jemandem." Johanns Augenlider drohten, sich vor Erschöpfung zu schließen. Er hatte noch nicht einmal sein Abendessen bekommen und konnte nur hoffen, dass Helmut ihm einen Teller Suppe aufbewahrt hatte. Bei dem Gedanken verzog er unwillkürlich das Gesicht, denn die heiße Suppe schmeckte wie bitteres Waschwasser, aber kalt war sie beinahe ungenießbar.

„Haben Sie das Gesicht verzogen, weil Sie sich an die schlimmen Verbrechen erinnert haben, die Sie gegen friedliebende Zivilisten begangen haben?"

„Nein, habe ich nicht", platzte Johann heraus, sackte aber im gleichen Moment zusammen. Wenn sie seine Anspannung bemerkten, hätten sie ihn genau da, wo sie ihn haben wollten. „Ich habe das Gesicht verzogen, weil ich das Abendessen verpasst habe und mein Magen schmerzt."

Der Kommandant schürzte die Lippen und sagte freundlich: „Sie können so viel essen, wie Sie wollen, wenn Sie sich entschließen, uns endlich die Wahrheit zu sagen und Ihre Verbrechen zugeben."

Johann setzte eine emotionslose Miene auf, obwohl Wut in seinen Adern kochte. Die Aussicht war verlockend. Essen, bis er satt war, zum ersten Mal seit ... wie lange? ... zwei Jahren? Er hatte vergessen, wie es sich anfühlte, keinen Hunger zu haben. Die Versuchung war überwältigend, aber würde er sein eigenes Todesurteil unterschreiben, wenn er sagte, was sie hören wollten?

Er seufzte. „*Gospodin* Kommandant, ich habe Ihnen die ganze Zeit über die Wahrheit gesagt. Ich habe nie Verbrechen gegen Zivilisten begangen. Ich habe gegen andere Soldaten gekämpft, weil sich unsere Länder im Krieg befanden."

Nachdem Olga seine Antwort übersetzt hatte, schlug der Kommandant mit der flachen Hand auf den Tisch und sah sie wütend an. Sie tat Johann beinahe leid, denn anscheinend würde sie Ärger bekommen, wenn sie kein Geständnis aus ihm herauslocken konnte.

„Kommandant Toporov möchte wissen, warum Sie darauf bestehen, uns diese Lügen zu erzählen. Sie scheinen zu glauben, dass Sie sehr schlau sind, aber der Kommandant möchte Sie wissen lassen, dass er Sie schlussendlich zum Reden bringen wird."

Worauf wollten die hinaus? Machte es einen Unterschied, wenn er sagte, was sie hören wollten? Gab es etwas Schlimmeres als dieses Lager? Einen schnellen und schmerzlosen Tod? Oder Folter? Panische Angst lähmte Johanns Geist. *Bitte keine Folter.* Er war versucht, dem Kommandanten vorzuschlagen, dass er stattdessen in der Kohlengrube arbeiten würde. Alles, nur keine Folter.

„Ich habe nichts Falsches getan", sagte Johann. Erschöpfung verlangsamte sein Denken. Seine Augenlider schlossen sich. Jemand stieß ihn am Arm an.

Olga lächelte ihn an und beugte sich vor, um ihm einen hervorragenden Blick auf ihre köstlichen Brüste zu gönnen. „Kommandant Toporov möchte Sie wissen lassen, dass wenn Sie nicht kooperieren, Sie nie wieder eine nackte Frau sehen und schon gar keine mehr ficken werden."

Johann spürte, wie er bei ihren Worten rot anlief, aber sie verzog keine Miene. Lüsterne Gedanken, die seine Hände auf Lottes nackter Haut beinhalteten, wischten seine Erschöpfung weg. Gefangen in seinen Tagträumen erwischte ihn die nächste Frage auf dem falschen Fuß und er verstand nur einen Teil davon. „Es tut mir leid. Können Sie die Frage wiederholen, ich habe nicht …"

Der Kommandant schlug wieder mit der Hand auf den Tisch.

Olga übersetzte: „Kommandant Toporov wird die Frage nicht wiederholen. Er will wissen, ob Sie es zugeben?"

„Was zugeben? Ich habe nichts getan. Ich habe Ihre Frage noch nicht einmal verstanden", antwortete Johann voller Zorn. Er musste besser aufpassen. Er durfte sich nicht mit Sex ködern lassen und unachtsam werden.

Die Fragerei ging weiter und immer weiter … bis der Kommandant sagte: „Ich habe Hunger. Sie können in Ihre Baracke zurückkehren. Vorerst."

Johann verstand die kaum verhohlene Drohung deutlich, aber inzwischen war ihm das egal. In der Baracke schliefen alle bereits tief und fest, aber Helmut wachte auf, als er ins Bett schlüpfte.

„Bist du das, Johann?", flüsterte er vom Nebenbett.

„Ja."

„Ich habe dir Abendessen aufgehoben."

Tränen traten in Johanns Augen, als Helmut aus seinem Bett glitt und einen Becher mit Suppe sowie ein Stück Brot hervorholte, die er darunter versteckt hatte.

„Du bist ein Heiliger", sagte Johann und schlürfte gierig die scheußliche Suppe in sich hinein.

„Was wollten die?"

„Sie haben mich die ganze Zeit bedrängt, irgendwelche Kriegsverbrechen zuzugeben."

„Sowas habe ich auch gehört. Das machen die mit allen die keine einfachen Soldaten sind."

„Ruhe!", brüllte jemand.

Johann stopfte sich das Brot in den Mund, plumpste auf sein Bett und schlief schon, ehe sein Kopf auf die harte Matratze traf.

Im Laufe der nächsten Woche verhörten die Russen ihn insgesamt zehn Mal. Jedes Mal stellten sie die gleichen Fragen und jedes Mal gab er die gleichen Antworten. Als er am siebten Tag den Verhörraum verließ, war er mehr denn je entschlossen, dass Kommandant Toporov ihm niemals ein falsches Geständnis entlocken würde.

KAPITEL 15

Wieder gingen Parolen um wie ein Lauffeuer. Doch wie immer versprachen die Russen das Blaue vom Himmel herunter und lieferten nichts. Johann hoffte schon gar nicht mehr, denn nichts war schlimmer als die resultierende Enttäuschung. Daher ignorierte er das neueste Gerede von Heimkehrer-Transporten.

Doch dann kam Helmut eines Abends angerannt und schrie: „Wir fahren alle nach Hause!"

Er brauchte einige Augenblicke, um die Information zu verarbeiten, aber dann breitete sich ein fettes Grinsen auf seinem Gesicht aus. „Diesmal wirklich?"

„Sie haben gesagt, das Lager wird geschlossen und alle werden nach Hause geschickt", fügte Reiner hinzu.

„Glaubt ihr, es stimmt?", fragte Johann.

„Man kann nie sicher sein, aber der Kommandant hat selbst gesagt, dass bis Weihnachten alle zu Hause sind. Nicht nur unser Lager, sondern jeder einzelne Kriegsgefangene, der noch in Russland ist."

„Bis Weihnachten?" Heimweh machte sich in ihm breit. Es war

erst Frühjahr, aber mit der Aussicht auf Heimkehr konnte er noch ein paar Monate durchhalten.

„Das hat er gesagt."

Während des Appells am nächsten Morgen wurden die Gerüchte bestätigt. Der Kommandant hielt eine kurze Rede über die Vorzüge des Kommunismus und wie dringend gute Leute in Ostdeutschland gebraucht wurden, um das Land wiederaufzubauen.

Johann kniff die Augen zusammen. Der Unterton, der da mitschwang, gefiel ihm überhaupt nicht. Sein letzter Wohnort war München gewesen. Das lag in der amerikanischen Zone, und er kannte niemanden in der sowjetischen Zone.

„Wir organisieren drei Transporte und schicken euch alle nach Hause – jeder, der noch in den Lagern unserer großartigen Sowjetunion verweilt, selbst die SS, Polizisten und hochrangige Offiziere, wirklich alle. Ihr werdet alle Weihnachten bei euren Familien verbringen", sagte der Kommandant.

Jeder einzelne *Plenni* im Lager hing ihm an den Lippen und saugte das Versprechen von Freiheit in sich auf. Es war wie eine starke Energieladung. Nervöse Spannung vibrierte in der Luft.

Doch bereits am nächsten Tag versetzte sein Stellvertreter ihrer Freude einen Dämpfer. „… wenn ihr nach Hause wollt, müsst ihr erst Bestarbeiter werden!"

Der kollektive Schock durchfuhr das Lager wie eine Peitsche und alle standen ein wenig gerader.

„Ein Bestarbeiter?", stöhnte Helmut. „Beuten die uns noch nicht genug aus?"

„Anscheinend nicht", flüsterte Johann zurück.

In den nächsten Tagen arbeiteten die Männer noch härter als sonst. Sie taten alles, um Bestarbeiter zu werden und sich die Heimkehr zu verdienen. Die Karotte, die vor ihren Nasen baumelte, trieb sie dazu an, ihre ausgemergelten Körper länger und härter arbeiten zu lassen als jemals zuvor. Viele *Plenni* wurden aufgrund der übermenschlichen Anstrengung ohnmächtig und einige überlebten traurigerweise die Tortur nicht, mit der sie sich den Titel des Bestarbeiters verdienen wollten.

Etwa eine Woche später, als Johann mit seinem Arbeitskommando zurückkehrte, stürmte Helmut auf ihn zu. „Wir sind auf der Liste! Wir sind auf der Liste!"

Johann fiel seinem Freund um den Hals. Einer nach dem anderen kam und erzählte die gleiche frohe Botschaft. Ein kollektives Aufseufzen ging durch das Lager. Diesmal würden die Russen ihr Versprechen einhalten. Sie kehrten alle zu ihren Familien zurück.

Er träumte von Lotte. Wie er mit ihr Hand in Hand spazieren ging. Ein Bier trank. Aß, bis er satt war. Sie in sein Bett holte und sie endlich wieder liebte. Eine Träne drohte über seine Wange zu laufen und er blinzelte sie schnell weg.

„Was ist das Erste, was du machst, wenn du nach Hause kommst?", fragte Helmut.

Johann grinste. „Mein Mädel küssen."

Diese Bemerkung zog ähnliche von einigen Kameraden nach sich und ernüchternde Kommentare von anderen. Von Männern, die keine Nachrichten von den Lieben erhalten hatten, die sie zurückgelassen hatten. Von Männern, die nicht wussten, ob sie noch eine Familie hatten, zu der sie zurückkehren konnten.

Am nächsten Tag erhielt jeder auf der Heimkehrer-Liste neue Kleidung: eine dunkelblaue, gefütterte Jacke, blaue Hosen und ein blaues Hemd. Doch bevor sie sich umziehen durften, mussten alle die Entlausungsprozedur über sich ergehen lassen.

Natürlich beschwerte sich niemand und Johann genoss das Gefühl, endlich wieder parasitenfrei zu sein. Er zog die nagelneuen Sachen an und seufzte vor Erleichterung. Es war so eine Wohltat, weiche und saubere Kleidung zu tragen.

Jetzt mussten sie nur noch warten. Der erste Transport sollte in den nächsten achtundvierzig Stunden abfahren. Kribbelig vor Aufregung sortierte Johann seine spärliche Habe.

Lottes Foto trug er immer in seiner Brusttasche. Er fuhr mit dem Finger über ihr Gesicht und flüsterte: „Bald werde ich bei dir sein, meine Liebste. Sehr bald." Dann steckte er das Foto in die Tasche seines neuen Hemdes.

Ein beängstigender Gedanke überkam ihn. Wenn er sie erst gefunden hatte, was dann? Er hatte keine Arbeit und nie etwas anderes gelernt, als Soldat zu sein. Ohne für sie sorgen zu können, konnte er nicht einmal um ihre Hand anhalten. Die Erkenntnis, dass er sein neues Leben von null anfangen musste, schockierte ihn zutiefst.

Nichts würde mehr so sein wie früher.

Bewusst schob er die beunruhigenden Gedanken beiseite und prüfte sorgfältig seine restlichen Besitztümer: die Blechtasse für Suppe, ein Messer, das er in nächtelanger Arbeit aus einem Stück Holz geschnitzt hatte, ein extra Paar Socken und ein wollenes Unterhemd. Das war alles. Er beschloss, das Messer zur Erinnerung zu behalten, aber alles andere an einen Kameraden weiterzugeben. Wer wusste schon, wie lange es dauerte, ehe der zweite Transport das Lager verließ? Die Dagebliebenen konnten die zusätzlichen Sachen gut gebrauchen.

Diejenigen, die nicht auf der Liste standen, starrten die glücklichen Männer in ihrer neuen Kleidung mit unverhohlenem Neid an. Während sie Johann einerseits leidtaten, konnte er nicht aufhören, vor lauter Vorfreude auf seine baldige Heimkehr über beide Ohren zu grinsen.

Skoro domoi.

KAPITEL 16

Am nächsten Morgen kam ein Bote zu Johann gerannt. „Du sollst dich sofort im Büro melden.“

„Wofür?“

„Weiß ich nicht, aber du bist nicht der Einzige.“ Der Bote eilte davon, um noch mehr Männern den Befehl zu übermitteln.

Johann seufzte und ging zum Verwaltungsgebäude. Was konnten sie jetzt schon wieder von ihm wollen? Sein Magen zog sich zusammen, als er in das Büro trat, wo zwei sowjetische Offiziere auf ihn warteten. Sie nahmen seine persönlichen Daten auf und verglichen sie mit einer Liste, die auf dem Schreibtisch lag.

„Zieh die Heimkehrersachen aus“, sagte der jüngere Beamte.

Johanns Herz rutschte ihm in die Hose. „Warum?“

„Da drüben liegt andere Kleidung, aber beeil dich, wir haben nicht viel Zeit.“

Es war sinnlos, sich ihren Befehlen zu widersetzen, also zog er seine nagelneue, saubere Kleidung aus und schlüpfte in die alten, stinkenden, verlausten Sachen, die sie für ihn bereitgelegt hatten. Im letzten Moment fiel ihm ein, Lottes Foto und das Holzmesser aus seinen Taschen zu retten.

Als er fertig war, zeigte ihm der ältere Offizier ein Stück Papier und las Johann den Text vor – auf Russisch. Der jüngere Beamte übersetzte: „Du bist verhaftet."

Johann war vollkommen sprachlos. Wie konnten sie ihn verhaften, wenn er bereits ein Gefangener war? Der Übersetzer hatte nicht erwähnt, aus welchem Grund sie ihn verhafteten, aber er wagte es nicht danach zu fragen.

„*Dawai, dawai*", trieben sie ihn an.

Draußen im Hof trauten seine Kameraden sich nicht, ihm zuzuwinken oder auch nur in seine Richtung zu sehen. Keiner von ihnen wollte mit ihm in Verbindung gebracht werden, aus Angst, ebenfalls abgeführt zu werden und die Heimfahrkarte zu verlieren.

Er hatte sich in seinem ganzen Leben nie erniedrigter und einsamer gefühlt als während dieses Spießrutenlaufs vorbei an seinen ehemaligen Kameraden. Nur Helmut, der in der Nähe des Ausgangs herumlungerte, begegnete kurz Johanns Blick und flüsterte ihm ein leises „Gott steh dir bei" zu.

Johann ballte die Hand zur Faust. Gott hatte ihn bereits vor langer Zeit im Stich gelassen. Ihn und jeden anderen Mann, der in den russischen Lagern verrottete.

Die sowjetischen Offiziere schubsten ihn hinten in ein Polizeiauto, wo andere *Plenni* mit verzweifelten Gesichtern bereits warteten. Zwei Soldaten mit Gewehren und zwei zähnefletschende Bluthunde bewachten sie. Die Hunde knurrten bei der kleinsten Bewegung der Männer und Johann hatte keinen Zweifel daran, dass sie ihn in kleine Stücke zerfleischen würden, wenn ihre Herren das befahlen.

In mörderischem Tempo rasten sie in das Stadtzentrum von Woronesch. Johann erkannte einige der Gebäude, die er und seine Mitgefangenen mit wenig mehr als ihren bloßen Händen gebaut hatten. Der Wagen hielt vor dem Gefängnis. Johann und die anderen wurden herausgeschubst und abgeführt.

Selbst nach so vielen Jahren Gefangenschaft lief ein eisiger Schauer über Johanns Rücken, als die Tür hinter ihm ins Schloss fiel. Seine Beine fühlten sich an wie Blei und er konnte sich kaum vorwärts schleppen.

Das Lager war die Hölle gewesen, aber ein Gefängnis aus Beton mit vergitterten Fenstern rief augenblickliche Klaustrophobie hervor. Zwei Wachleute schoben jeden der Gefangenen in eine eigene Zelle und schlossen die Türen hinter ihnen ab. Johann wurde mit seiner Todesangst allein zurückgelassen.

Es dauerte nicht lange, bis sich die Tür wieder öffnete und zwei weibliche Wachen die Zelle betraten. Eine von ihnen stand ein paar Schritte entfernt und sah zu, während die andere ihn gründlich durchsuchte.

Sie fand das hölzerne Messer in seiner Tasche und nahm es ihm ab. Dann erreichten ihre Finger das Bild in seiner Brusttasche und sein Herz blieb stehen. Die Russen hassten jegliche Art von Papier in den Händen der Gefangenen, weil sie Angst hatten, jemand könnte etwas Negatives über ihr großartiges Land aufschreiben. Papier wurde grundsätzlich konfisziert, wenn es gefunden wurde und wenn die Wachen handschriftliche Notizen bei einem *Plenni* fanden, bestraften sie ihn für dieses Verbrechen.

Die Frau zog Lottes Bild heraus, schaute es an und fragte: „Frau, deine?"

„Ja, das ist meine Freundin", antwortete er und flehte: „Bitte, nehmen Sie es mir nicht weg."

Die beiden Wachen wechselten ein paar Worte auf Russisch und drehten das Bild mehrmals um, um es genau zu inspizieren. Als sie kein Wort darauf geschrieben fanden, nickte die Ältere und sagte: „Er darf es behalten. Gib es zurück."

Ein Stein von der Größe des Urals fiel ihm vom Herzen, als diejenige, die ihn durchsucht hatte, Lottes Bild zurück in seine Brusttasche steckte. Vor Erleichterung sackte er fast zusammen. Doch die Durchsuchung war noch nicht vorbei.

Die ältere Frau befahl: „Ausziehen."

Abgehärtet durch die regelmäßigen arschkneifenden medizinischen Untersuchungen zögerte er nicht, den Befehl zu befolgen. Es war nicht mehr viel Würde übrig, die ihm die Russen noch nicht genommen hatten.

Er hatte sich seit Jahren nicht mehr im Spiegel gesehen und vermied es sogar, an sich selbst herunterzuschauen, weil er den grauenvollen Anblick fürchtete.

Alle *Plenni* sahen aus wie wandelnde Skelette. Die ledrige Haut hing in Falten herunter, denn es gab kein Fett, dass die Haut hätte ausfüllen können und keine Muskeln, um sie zu strecken. Jeder Mann schimmerte in einem anderen Grauton, von fahlem weißlichem Grau wie Asche im Winter bis hin zum dunklen Graubraun derer, die im Sommer den ganzen Tag draußen arbeiten mussten. Die Kranken hatten unterschiedliche Schattierungen von gelbgrau oder grüngrau. Und die Toten wurden schwarzgrau, wenn sie nicht schnell genug begraben wurden.

Er zog sich aus und faltete seine Lumpen ordentlich zusammen, ehe er sie auf den Boden legte. Die Wache untersuchte seinen nackten Körper mit der gleichen Sorgfalt wie zuvor seine Kleidung. Erwartete sie etwa, dass er etwas zwischen seinen losen Hautfalten verbarg?

Sie sah ihm in die Ohren, prüfte seine Nase und den Mund. Dann setzte sie ihre Suche im Schambereich fort. Einen Augenblick lang flammte Wut in seinen müden Knochen auf, aber die Emotion verschwand so schnell, wie sie gekommen war. In den Jahren der Gefangenschaft hatte er gelernt, seine Energie für wichtigere Dinge aufzusparen. Dass jemand seine Vorhaut zurückschob und darunter nach versteckten Dingen suchte, war nichts, wofür es sich lohnte, kostbare Kalorien zu vergeuden.

Er stand da wie eine Holzpuppe und ertrug, was auch immer sie mit seinem Körper anstellten. Es war sinnlos, zu protestieren oder sich erniedrigt zu fühlen. In den Augen dieser Frauen war er nicht mal ein Mann. Er war nur ein *Wojenno Plenni*, ein Kriegsgefangener. Selbst Schweine, Maultiere und Kühe standen in der Hierarchie weit über ihm.

Deutschland hatte den Krieg verloren. Bedingungslos

kapituliert. Die Sowjets gehörten zu den Siegern und konnten ihn behandeln, wie es ihnen gefiel.

„Du kannst dich wieder anziehen."

Johann zog sich unter dem aufmerksamen Blick der beiden Wachen wieder an. Sie führten ihn in eine andere Zelle, in der bereits neun zerlumpte Männer saßen. Einige von ihnen kannte er aus dem Lager, die anderen schienen gewöhnliche russische Verbrecher zu sein.

Er fand ein Plätzchen an der Wand und kauerte sich zusammen, denn er hatte kein Bedürfnis, mit irgendjemandem zu reden. Ängste wirbelten durch seinen Kopf. Er bemühte sich angestrengt, sie zu ignorieren, schaffte es aber nicht. Nach einiger Zeit gab er auf und schaute entnervt hoch.

Die anderen Gefangenen saßen wie er am Boden, atmeten, husteten oder stöhnten. Inzwischen sollte er sich an den Mangel an Privatsphäre gewöhnt haben, aber an diesem Tag war ihm alles zu viel. Er wünschte sich, nur eine einzige Stunde allein zu sein, weil er keine Zeugen für seine elende Verzweiflung haben wollte.

KAPITEL 17

Ein Tag verging, dann zwei, dann eine Woche und Johann hatte noch immer keine Ahnung, warum er im Gefängnis saß. Er wusste nur, dass der Heimattransport ohne ihn abgefahren war.

Er und die anderen wurden ständig von einer überfüllten Zelle in die nächste verlegt. Weitere Deutsche wurden ins Gefängnis gebracht und anhand der Neuigkeiten, die sie mitbrachten, begann sich das Rätsel seiner Verhaftung endlich zu lichten.

Der erste Transport hatte tatsächlich mit Reiner und Helmut an Bord das Lager verlassen. So sehr Johann sich für die beiden freute, spürte er doch einen Stich ihm Herzen. Ohne seine Freunde sah die Zukunft noch trostloser aus.

Anscheinend hatte die Verhaftung etwas mit den Verhören des MWD vor einiger Zeit zu tun. Johann dachte, er hätte sich ganz wacker geschlagen und keins der Kriegsverbrechen gestanden, nach denen man ihn so oft gefragt hatte. Aber wer wusste das schon?

In eine Gefängniszelle gesperrt zu sein, nagte an seiner Seele und er vermisste die relative Freiheit des Lagers. Rauszugehen. Den Himmel zu sehen. Sich zu bewegen, ohne über die Beine der Mitgefangenen zu stolpern.

Der einzige Lichtblick war, dass er nicht arbeiten musste. Dadurch wirkten die mageren Rationen etwas weniger entmutigend. Doch die Untätigkeit war ein zweischneidiges Schwert, weil sie ihm Zeit zum Grübeln gab.

Er sorgte sich tagein, tagaus, zerbrach sich den Kopf darüber, warum er hier war. Bis sie ihn am siebten Tag nach seiner Festnahme aus der Zelle holten.

„Heute ist deine Gerichtsverhandlung", sagte der Wachmann und schubste ihn mit einer Handvoll anderer *Plenni* in einen Polizeilaster.

„Wo bringen Sie uns hin?", fragte Johann, aber der Wachmann hatte bereits die Tür abgeschlossen.

Etwa zwanzig Minuten später hielt der Wagen vor dem MWD-Gebäude, einem weiteren Betonklotz, der mit dem Blut und Schweiß der deutschen Kriegsgefangenen gebaut worden war. Normalerweise hätte Johann angesichts der Ironie gegrinst, aber inzwischen spürte er nur noch Beklemmung.

Bei ihrer Ankunft wurden die Männer aufgeteilt und einzeln in winzige, zwei mal zwei Meter große Zellen gesperrt. Weitere endlose Stunden der Warterei begannen. Johann sackte auf den Boden, unfähig, die Dämonen fernzuhalten, die ihn attackierten. In dem verzweifelten Versuch, nicht den Verstand zu verlieren, zwang er sich, die Zelle genau in Augenschein zu nehmen und bemerkte dabei das Gekritzel an den Wänden.

Er stand auf, trat an eine Inschrift heran und entzifferte *Harald Krupp, 25 Jahre*. Ein böser Verdacht machte sich in ihm breit und er ging zur nächsten in die Wand gekratzten Notiz. *Fritz Berger, 25 Jahre*. Schwindel drohte ihn zu überwältigen, als er zu verstehen begann. Fieberhaft suchte er nach weiteren eingeritzten Zeugnissen. *Martin Becker, 25 Jahre. Heinz Langer, 25 Jahre. Konrad Maier, 25 Jahre.*

Fünfundzwanzig Jahre! Jeder einzelne seiner Vorgänger war zu fünfundzwanzig Jahren Haft verurteilt worden. Seine Knie gaben nach und er sank zu Boden, schrie seine Angst, seine Qual und seine

Verzweiflung laut gegen die Wand. Es sprudelte aus ihm heraus, bis seine Stimme heiser war und nur noch ein krächzendes Flüstern aus seiner Kehle kam.

Sein Leben passierte Revue vor ihm. Einst war er ein Wehrmachtsoldat gewesen, der Befehle befolgte. Kein Engel, denn kein Mann mit einer Waffe in der Hand konnte so bezeichnet werden, aber er hatte dort eine Grenze gezogen, wo Zivilisten involviert waren.

Wie viele Soldaten in der Wehrmacht verspürte er eine starke Abneigung gegen die Waffen-SS und ihre Gräueltaten. Die Erinnerungen an die furchtbaren Vorgänge in Baluty kamen zurück. Seine Einheit war damit beauftragt worden, Vergeltungsmaßnahmen in einem Dorf voller Partisanen auszuführen, die eine Brücke gesprengt hatten. Sie hatten alle Männer aus dem Dorf zusammengetrieben.

Als er die grauenvolle Szene noch einmal durchlebte, stieg ihm die Galle hoch. Damals war die SS angekommen und er hatte seine Männer unter einem Vorwand abgezogen, aber es war zu spät gewesen. Sie wurden Zeugen, wie jeder Mann des Dorfes hingerichtet wurde. Kaltblütig erschossen.

An diesem Tag hatte er endlich aufgehört, an Hitler und seinen Krieg zu glauben. Nichts rechtfertigte die Gräuel, die dort begangen worden waren.

Er schämte sich, denn er war nicht frei von Schuld. Von Anfang an war er ein überzeugter Anhänger des Nationalsozialismus gewesen. Hitlers Versprechen, die Nation nach dem ungerechten Versailler Vertrag wieder zu ihrer früheren Größe zurückzuführen, war Öl auf den Flammen des verletzten Stolzes eines ganzen Volkes gewesen und Johann war darauf hereingefallen. Er war der rassistischen Ideologie aufgesessen und dem perfiden Plan, die Juden zum Sündenbock für das gesamte Übel der Welt zu machen.

Seine Ohren brannten vor Scham, als er sich daran zurückerinnerte. Die Herrenrasse hatte den Krieg verloren und die minderwertigen russischen Untermenschen hatten jetzt die

Oberhand. War das nicht genug Beweis für die Lächerlichkeit der These von der Überlegenheit einer Rasse?

Und hatte Eden damals in Shanghai nicht bewiesen, dass Juden hilfsbereit und mitfühlend sein konnten? Als alle anderen ihn wie eine heiße Kartoffel fallen ließen, war sie die Einzige gewesen, die ihm geholfen hatte, obwohl er ein Nazi war und ihresgleichen verachtete. Doch sie hatte die Wahrheit über Gefühle gestellt. Ohne ihre Intervention wäre er in einem chinesischen Gefängnis verrottet, für eine Tat, die sein damaliger Vorgesetzter begangen hatte.

Er hatte nie die Gelegenheit bekommen, sich bei ihr zu bedanken. *Ich hoffe, sie hat den Krieg überlebt.*

Johann beschloss, nicht weiter zu grübeln, und dachte lieber an seine Kindheit und dann an Lotte. In seiner Einsamkeit durchlebte er jede Sekunde, die sie gemeinsam verbracht hatten, wie einen langsam ablaufenden Film in seinem Kopf.

Sie hatte ihm auf den ersten Blick das Herz gestohlen. An ihr süßes Gesicht und die weiche Berührung ihrer Lippen zu denken, zauberte ein Lächeln auf seine Lippen. Für sie musste er weiterleben.

~

Die Tür ging auf und ein Wachmann sagte: „Komm. Deine Verhandlung beginnt."

Johann folgte ihm durch endlose Flure, bis sie den Gerichtssaal erreichten. Vorn stand ein großer Tisch, der mit einem knallroten Tischtuch bedeckt war. Dahinter saßen drei uniformierte sowjetische Offiziere, die mit ihren vielen Medaillen Wichtigkeit verströmten.

Auf der linken Seite des Tisches saß ein Mann und rechts eine Frau mit einer Schreibmaschine vor sich, vermutlich die Protokollführerin. Sonst war niemand im Raum, abgesehen von ihm und dem Wachmann. Es gab nicht einmal Stühle.

Johann trat an den Tisch heran, unsicher, was er tun sollte.

Der ranghöchste Offizier, mit den Abzeichen eines Hauptmanns, fing an zu sprechen und nach jedem Satz übersetzte der Mann links vom Tisch. Zuerst fragten sie seine Personalien ab und ob er die Anklagepunkte verstand.

„Das tue ich nicht", sagte Johann.

„Wollen Sie einen Verteidiger?"

„Ja."

„Das ist mit einer Gebühr verbunden." Der Übersetzer sortierte seine Papiere und fügte hinzu: „Sie beläuft sich auf eintausend Rubel."

Johann schluckte eine sarkastische Bemerkung herunter. Für alles in der sowjetischen Wirtschaft gab es eine Gebühr. Zu Jahresbeginn hatten die *Plenni* zum ersten Mal einen Lohn für ihre Arbeit erhalten. In guten Monaten waren es eintausend Rubel gewesen, aber höchstens hundertfünfzig Rubel waren ihnen auch wirklich ausbezahlt worden. Der Rest wurde für Steuern und Kost und Logis im Lager verwendet. Es war eine großartige Idee, um noch mehr Arbeit aus den Gefangenen herauszupressen: Man lockte sie damit, dass sie etwas Geld behalten und sich damit Lebensnotwendiges wie Essen oder eine warme Decke kaufen konnten.

„Dann werde ich mich selbst verteidigen."

„Wenn Sie das wünschen."

Das wünsche ich nicht, aber ihr verdammten Blutsauger lasst mir ja keine andere Wahl.

„Hauptmann Gorky wird jetzt die Anklagepunkte verlesen", erklärte der Übersetzer und übersetzte: „Sie werden in zwei Punkten angeklagt: friedliebende sowjetische Zivilisten ermordet und von friedliebenden sowjetischen Zivilisten gestohlen zu haben."

Johann unterdrückte ein wütendes Zischen. Das waren die gleichen Vorwürfe, die ihm der verdammte Kommandant Toporov Dutzende Male an den Kopf geworfen hatte. „Ich habe so etwas nie getan. Bevor ich in Warschau gefangen genommen wurde, habe ich niemals auch nur einen Fuß in die Sowjetunion gesetzt."

„Polen ist Teil des großen kommunistischen Reiches und alle Verbrechen, die an den friedliebenden polnischen Zivilisten begangen wurden, werden als Verbrechen am sowjetischen Volk betrachtet", sagte der Übersetzer. „Also geben Sie zu, dass Sie die friedliebende sowjetische Bevölkerung terrorisiert haben?"

„Das tue ich nicht. Ich habe niemals Zivilisten terrorisiert."

„Das Gericht wurde davon unterrichtet, dass Sie am Massaker von Baluty beteiligt waren. Stimmt das?"

„Nein." Johann wurde blass. In einem unbedachten Moment hatte er im Lager von dem grauenvollen Massaker erzählt, dessen Zeuge er geworden war. Anscheinend war einer der Zuhörer ein Informant gewesen, der nichts Besseres zu tun gehabt hatte, als Johann anzuschwärzen.

„Also waren Sie nie in Baluty?"

„Ich war dort. Aber meine Einheit ist abgezogen, sobald die SS anfing, die Dorfbevölkerung zu töten."

„Sie haben also nichts getan, um die SS davon abzuhalten, unschuldige und friedliebende Dorfbewohner zu töten?"

Johann seufzte. „Ich konnte nichts tun. Mein Rang erlaubte mir nicht …"

„Genug. Sie standen daneben und sahen zu, wie Ihre Landsleute unschuldige Menschen abgeschlachtet haben." Ein kurzes Gespräch unter den Russen folgte und am Ende verkündete der Übersetzer: „Das Gericht befindet Sie im Anklagepunkt für schuldig, friedliebende sowjetische Zivilisten ermordet zu haben."

Der zweite Anklagepunkt über den Diebstahl folgte einer ähnlichen Beweisführung. Weil Johann während seiner Stationierung in Warschau Fleisch gegessen hatte, wurde er für schuldig befunden, den polnischen Bauern Schweine gestohlen zu haben.

Es spielte vermutlich keine Rolle. Was für einen Unterschied machte Diebstahl, wenn er schon des Mordes für schuldig befunden worden war?

Das sogenannte Gerichtsverfahren dauerte weniger als zehn Minuten und er wurde in allen Anklagepunkten für schuldig befunden. Nach ein oder zwei weiteren Minuten der Beratung verkündete der Übersetzer das Urteil: „Leutnant Johann Hauser, Sie werden hiermit zu fünfundzwanzig Jahren harter Arbeit verurteilt."

KAPITEL 18

Johann erinnerte sich nicht daran, wie er in seine Zelle gelangt war. Dort angekommen, stürzte er zu Boden, rollte sich zusammen und bekam nichts mehr um sich herum mit. Die Verzweiflung über sein Strafmaß drang in seine Knochen, sein Herz und seine Seele. Es verdrängte jedes andere Gefühl.

Vollkommen hoffnungslos erhaschte er einen Blick auf die Inschriften an der Wand und fragte sich, ob diejenigen, die vor ihm hier gewesen waren, sich genauso gefühlt hatten wie er.

Er würde niemals fünfundzwanzig Jahre harte Arbeit überleben. Nicht in seiner heruntergekommenen körperlichen Verfassung. Er wog kaum mehr als vierzig Kilo und an seinem Körper war kein Gramm Fett oder Muskelmasse zu finden.

Eine Idee formte sich, ein letzter verzweifelter Versuch, sein Schicksal in die eigenen Hände zu nehmen. In Ermangelung eines Gürtels hatte er seine Hose mit einem Seil festgebunden. Dieses Seil würde ihm jetzt als Ausweg dienen. Er blickte hinauf zu der blanken Glühbirne und versuchte abzuschätzen, ob die Fassung wohl stabil genug war, um sein Körpergewicht zu tragen, wenn er sich erhängte.

Die Tür zu seiner Zelle ging auf, noch während er darüber nachdachte, wie er sich und das Seil am besten dort hinauf bekam. Zwei Wachen kamen herein.

„Hände an die Wand, Beine spreizen."

Hatten sie ihn nicht schon ein Dutzend Male durchsucht? Was erwarteten sie denn zu finden? Er strich instinktiv über die Brusttasche mit Lottes Bild darin, während er die Hände hob, um dem Befehl Folge zu leisten. Bald würde er das Foto nicht mehr brauchen. Er bedauerte nur, dass er seinem geliebten Mädel nicht Lebewohl sagen konnte. Würden die Sowjets sie überhaupt verständigen? Oder würde sie nie etwas über sein Schicksal erfahren?

Die Hände des Wachmanns glitten über die Fotografie, stoppten aber an seinem Hosenbund. „Umdrehen und das Hemd hochhalten."

Johann tat, wie geheißen und entblößte seinen eingefallenen Bauch und die hervorstehenden Rippen.

„Gürtel ausziehen."

Ärger schoss siedendheiß durch seine Adern, als er das Seil aufband und herauszog. Er reichte des dem Wachmann, der es mit einem ernsten Gesichtsausdruck untersuchte.

„Wir wollen nicht, dass du eine Dummheit anstellst", sagte der Wachmann und steckte das Seil ein.

Diese Geste zerstörte jede Hoffnung auf ein schnelles Ende. Er hätte geweint, hätte er Tränen gehabt.

„Du musst gegen das Urteil Berufung in Moskau einlegen", sagte der andere Wachmann.

„Was macht das für einen Unterschied?"

„Das kann nur das höhere Gericht entscheiden. Die Sowjetunion ist ein gerechtes Land."

„Da bin ich mir sicher." Er hatte genug Erfahrungen mit der sowjetischen Verwaltung, um die Gesetzmäßigkeit ihres Regimes ernsthaft anzuzweifeln. Wenn sie darauf bestanden, würde er natürlich Berufung einlegen, aber er erwartete nicht, dass es den Ausgang seines Verfahrens veränderte.

Die Berufung würde vermutlich abgeheftet und in mehreren Listen vermerkt und diente dazu, ihnen den Arsch zu retten, falls jemals jemand das Verfahren infrage stellen sollte. Denn der Schein der Legalität musste unter allen Umständen gewahrt werden.

Die Wachen führten ihn in einen anderen Raum, der mit einem Tisch und einem Stuhl ausgestattet war. Ein Blatt Papier und ein Bleistift lagen auf dem Tisch.

„Schreib jetzt deine Berufung."

Nachdem er fertig war, klopfte Johann an die Tür und eine junge Frau mit einem sympathischen Gesicht trat ein. Sie reichte ihm eine Postkarte mit einem Roten Kreuz in der Ecke und sagte: „Schreiben Sie schnell und ich sorge dafür, dass sie verschickt wird."

Was sollte er schreiben? Wenn er überlebte, wäre er siebenundfünfzig, bis er nach Hause kam.

Er hatte immer geglaubt, dass das Ende des Krieges die Dinge verbessern und es ihm erlauben würde, ein glückliches Leben mit Lotte an seiner Seite zu führen. Aber anscheinend war dem nicht so. Freude existierte in dieser trostlosen neuen Welt nicht mehr, auch keine bessere Zukunft, sondern nur Schmerz, Leid und Elend.

Trotzdem setzte er sich wieder hin und schrieb eine hastige Nachricht an die Frau, die er liebte. Als er fertig war, reichte er der Russin die Postkarte, wagte es jedoch nicht, ihr dabei in die Augen zu sehen. Sie sollte die abgrundtiefe Dunkelheit in seiner Seele nicht bemerken.

Fünfundzwanzig gottverdammte Jahre!

KAPITEL 19

Berlin, Juni 1948

Lotte war an der Uni und redete mit ihren Freundinnen über die bevorstehenden Prüfungen. Sie hatte sich erstaunlich gut in das Studium eingefunden und machte jeden Abend sorgfältig ihre Hausaufgaben. Zumindest unter der Woche. Freitags ging sie mit ihren Freundinnen aus, in Kneipen, Tanzclubs oder ins Lichtspieltheater.

Das Leben war gut, aber es hätte so viel besser sein können, wenn Johann an ihrer Seite gewesen wäre. Es verging kein Tag, an dem sie nicht an ihn dachte und sich wünschte, er wäre wie sein Freund Karsten und ihr Vater zurückgekehrt.

Von ihrem Professor wusste sie, dass sich die Alliierten auf der Moskauer Konferenz vor einem Jahr darauf geeinigt hatten, alle deutschen Kriegsgefangenen bis Dezember 1948 zu entlassen. Bis dahin war es nur noch ein halbes Jahr und in ihr keimte die Hoffnung, Weihnachten gemeinsam Johann feiern zu dürfen.

Ein warmes Gefühl rieselte durch ihre Zellen. Sie konnte es kaum erwarten, ihn wiederzusehen und sich in seinen Armen zu verlieren. Dann konnte sie ihn endlich ihrer Familie vorstellen.

Anna und Peter waren zwar auf dem Sprung, Deutschland zu verlassen, weil Anna eine Stelle an der Harvard Universität in Amerika angeboten bekommen hatte, aber Ursula lebte noch in Berlin auf dem Gatower Luftstützpunkt zusammen mit Tom und ihrer Tochter Evi.

Die westlichen Alliierten hatten bereits die meisten Kriegsgefangenen heimgeschickt, abgesehen von denen, die freiwillig als zivile Arbeitskräfte in Frankreich bleiben wollten. Und obwohl sich die Sowjetunion frustrierend viel Zeit damit ließ, dasselbe zu tun, hatte sie seit der Moskauer Konferenz immerhin fast eine halbe Million Männer freigelassen.

Ein- oder zweimal pro Woche kam ein neuer Transport im Durchgangslager Friedland in der Nähe von Göttingen an. Aber sie mussten die Frequenz ihrer Transporte deutlich erhöhen, wenn sie vorhatten, die geschätzt eine Million Männer vor Jahresende zurückzusenden.

Sie lief die Treppen zu ihrer Wohnung hinauf, wobei sie drei Stufen auf einmal nahm, schloss die Tür auf, zog den Mantel aus und hängte ihn an die Garderobe im Flur. Annas Mantel hing bereits dort und zeigte an, dass ihre Schwester zu Hause war. Lotte würde sie vermissen. Sehr sogar.

Nicht nur weil sie ihre Schwester liebte, sondern auch aus finanziellen Gründen. Wenn Anna, Peter und Jan fort waren, blieb sie als Einzige in der Familienwohnung, doch allein konnte sie die Miete nicht bezahlen.

Ein Klopfen an der Tür lenkte sie ab und sie öffnete. Auf dem Treppenabsatz stand die Postbotin mit einem seltsam verstörten Gesichtsausdruck.

„Hier, das ist für Sie", sagte sie und reichte Lotte eine Postkarte mit einem Roten Kreuz in der Ecke. Lottes Puls raste in ihrem Hals.

„Danke", sagte sie und drückte die Postkarte an ihr Herz. Trotz des offensichtlichen Bedürfnisses der Postbotin, mit ihr zu tratschen, verabschiedete sie sich. Dann warf sich auf das Sofa, um die Karte zu lesen.

Sie streichelte das Papier, las ihren Namen in Johanns zittriger Handschrift, die so anders war als vor seiner Gefangennahme. Doch das war ihr egal. Er lebte. Das war alles, was zählte.

Sie drehte die Karte um und fing an zu lesen.

Liebste Lotte,

Schweren Herzens muss ich Dir mitteilen, dass ich zu fünfundzwanzig Jahren Arbeitslager verurteilt wurde.

Lotte erinnerte sich nicht daran, dass sie angefangen hatte zu schreien, nur dass plötzlich eine entsetzte Anna vor ihr stand. Hysterisch vor Trauer krallte sie die unglückselige Postkarte an sich.

„Was ist los, Lotte-Schätzchen?"

Lotte schüttelte den Kopf.

„Bitte, hör auf zu schreien." Anna kletterte neben ihr auf das Sofa und legte die Arme um Lottes Schultern. „Pst. Beruhige dich. Bitte. Erzähl mir, was passiert ist."

„Johann", flüsterte Lotte. Der fatale Satz hallte durch ihren Kopf. Sie war unfähig, den Rest zu lesen.

Anna löste die Postkarte aus ihren Fingern und las sie laut vor.

L*iebste Lotte,*

Schweren Herzens muss ich Dir mitteilen, dass ich zu fünfundzwanzig Jahren Arbeitslager verurteilt wurde.

Bitte warte nicht auf mich. Such Dir einen anderen Mann, den Du lieben und mit dem Du ein gemeinsames Leben aufbauen kannst.

Sei gewiss, dass ich Dich mit jeder Faser meines Seins liebe. Dich zu lieben hat mir die Kraft gegeben, bis jetzt zu überleben. Ich werde Frieden finden, wenn ich weiß, dass Du glücklich bist.

In ewiger Liebe,

Johann

. . .

„Oh mein Gott, Lotte. Es tut mir so leid." Anna hielt sie und wiegte sie in ihren Armen wie ein kleines Kind, während Lotte weiter vor Verzweiflung schrie und weinte.

„Warum?"

„Ich weiß es nicht. Vielleicht ist es ein Fehler. Sie heben das Urteil möglicherweise auf ..."

„Du kennst doch diese widerlichen Russen. Sie werden niemals ..." Lotte heulte noch lauter.

„Sie könnten ihn nach ein paar Jahren gehen lassen ..."

„Ein paar Jahre! Weißt du, wie diese Männer aussehen, wenn sie aus Russland zurückkommen? Wie viel länger kann er das überleben?"

„Du musst Vertrauen haben", sagte Anna.

„Vertrauen? Worin denn? In einen Gott, der uns verlassen hat? Oder in das korrupte russische Rechtssystem?" Lottes Stimme hallte von den Wänden der Wohnung wider und erreichte zweifelsfrei auch die Nachbarwohnungen.

„Bitte, beruhige dich, ja?"

„Warum? Jeder weiß doch, dass die sowjetischen Gerichtsverfahren eine Farce sind! Diese Stalinisten sind schlimmer als Hitler! Aber niemand wagt es, die Stimme zu erheben. Diese verdammten Kommunisten werden uns alle umbringen!"

„Lotte, bitte ..."

„Du hast gut Reden. Dein Mann kam vor Jahren nach Hause. Und du verlässt bald diesen elenden Flecken Erde, den man Berlin nennt." Lottes Stimme brach und sie lag schluchzend da.

Anna sah sie lange an. „Möchtest du mit uns nach Amerika kommen? Ich bin mir sicher, Professor Scherer kann ein Visum für dich arrangieren."

Einen Augenblick lang war Lotte versucht, denn es wäre der perfekte Ausweg gewesen, um alle ihre Sorgen hinter sich zu lassen. Die mangelnde Ernährung, die fehlende Heizung, die zerstörten Gebäude, alles ... Aber sie schüttelte den Kopf. „Das ist lieb von dir, aber ich kann nicht. Ich muss hierbleiben und auf ihn warten. Was, wenn er doch zurückkommt und mich nicht vorfindet?"

„Du willst ernsthaft auf ihn warten? Hast du seine Bitte nicht gelesen, dir einen anderen Mann zu suchen?"

Lotte schob die Unterlippe vor. „Ich weiß, dass er das nicht ernst meint. Er möchte nur, dass ich glücklich bin."

„Und was ist so schlimm daran?"

„Nichts." Eine weitere Welle heftiger Schluchzer schüttelte sie. Sie rollte sich zusammen und klammerte sich an den Gedanken, dass fünfundzwanzig Jahre nicht lang waren.

Schließlich stand sie auf, ging in ihr Zimmer und warf sich aufs Bett.

Zwei Tage verließ sie ihr Zimmer nicht, trotz aller Bitten, wohlmeinenden Worte und Drohungen seitens ihrer Familie.

Als sie am dritten Tag herauskam, erklärte sie: „Ich bin bereit, wieder zu leben. Ich werde nicht aufgeben. Im Gegenteil, ich werde für Johanns Freilassung kämpfen, mit allen zur Verfügung stehenden Mitteln. Und wenn ich mit Stalin höchstpersönlich reden muss!"

„Du wirst doch nichts Dummes tun, oder?", fragte Anna erschrocken.

„Keine Sorge. Diesmal werde ich mit legalen Mitteln kämpfen. Aber eins kann ich dir garantieren: Er wird zurückkehren. Und wenn es die ganzen verdammten fünfundzwanzig Jahre dauert, aber ich werde niemals aufgeben. Nicht, solange ich lebe."

„Das glaube ich dir aufs Wort. Und ich hoffe so sehr, dass du Erfolg haben wirst."

KAPITEL 20

Das Gefängnis in Woronesch war nur eine Zwischenstation. Einige Tage nach seiner Gerichtsverhandlung wurde Johann in einen sogenannten *Stolobinskiwaggon* gepfercht und in ein Gefangenenlager verfrachtet.

Kurz Zeit darauf wurde er zusammen mit mehreren Hundert anderen in einen Gulag beordert, ein Strafarbeitslager in Workuta. Johann hatte keine Ahnung, wo dieser Ort lag, aber er betete, dass es nicht in Sibirien war.

Es stellte sich heraus, dass Workuta westlich des Urals lag, direkt an der Grenze zu Sibirien. Das bedeutete allerdings nicht, dass es dort angenehmer war, denn die Ortschaft lag mehrere Kilometer nördlich des Polarkreises. Als einer der russischen Gefangenen ihm diese Details nannte, verwandelten sich Johanns Knochen zu Mus und er wünschte sich, auf der Stelle zu sterben.

Ein Gewehrkolben an seinem Hinterkopf änderte seine Meinung und er trottete weiter, um in einen weiteren Zug des Grauens einzusteigen.

Der nördliche Polarkreis. Er schloss verzweifelt die Augen. *Warum tut ihr mir das an? Warum? Womit habe ich das verdient?*

Unter anderen Umständen hätte er vielleicht geweint. Aber nach seinem heftigen Ausbruch in der Gefängniszelle hatte er schlicht keine Gefühle mehr übrig. Es fühlte sich an, als hätte seine Seele den Körper schon lange verlassen und was zurückblieb, war eine spärlich funktionierende, leere Hülle. Ein menschlicher Körper ohne Empfindungen. Ein Automat.

Die Reise in die eisige arktische Tundra im hohen Norden dauerte eine ganze Woche. Mit jedem verstreichenden Tag steigerten sich seine Apathie und Trostlosigkeit. Er war ein lebender Toter, dazu verdonnert, sein Leben in einem Gulag zu fristen, bis die Sowjets den letzten Tropfen Arbeitskraft aus seinem ausgemergelten Körper gequetscht hatten. Er würde die Heimat niemals wiedersehen.

Anders als bei seinem ersten Gefangenentransport vor Jahren, bekamen sie diesmal jeden Tag Essen und Wasser. Ihnen wurde sogar gestattet, zum Pinkeln auszusteigen, wenn der Zug anhielt. Es schien, als hätten die Sowjets tatsächlich ein Interesse daran, dass die Passagiere das Ziel lebend erreichten.

Johann war sich nicht sicher, ob das ein gutes Zeichen war. In einer Minute sehnte er sich nach einer schnellen Erlösung von seinem Leid und in der nächsten regte sich sein Überlebenswille und er schwor sich selbst, durchzuhalten. Die meiste Zeit über schlief er jedoch. Möglicherweise war es die letzte Gelegenheit, ausreichend Schlaf zu bekommen.

Als sie das Lager in Workuta endlich erreichten, zweifelte er an seiner Wahrnehmung der Realität. Er musste halluzinieren, denn er sah ein Paradies, zweifellos erschaffen von seinem wahnhaften Geist. Die weiten Ebenen blühten in leuchtendem Gelb und Lila. Der dunkelblaue Himmel begrüßte ihn mit blendendem Sonnenschein, der mit überraschender Kraft herabbrannte.

War der Zug versehentlich woanders hingefahren?

Aber nein, auf dem Eingangsschild stand eindeutig Workuta.

Alle Neuankömmlinge wurden derselben Baracke zugeteilt. Man

sagte ihnen, dass sie eine Woche Zeit hatten, um sich an das Klima und die Bedingungen im Gulag zu gewöhnen.

„Also, das ist ein unerwartetes Vergnügen", sagte Igor, ein Kritiker des Kommunismus in fließendem Deutsch.

Johann nickte. Es war nett. Die erste Woche ließ ihn glauben, dass es Schlimmeres gab, als hier sein zu müssen. Die Sonne schien Tag und Nacht, die Rationen waren üppiger als im letzten Lager und er musste nur leichte Arbeiten verrichten. Lebensmittel abladen, die Baracken fegen oder Kartoffeln schälen. Im Vergleich zu Woronesch war es das reinste Zuckerschlecken.

Doch die Flitterwochen endeten abrupt. Zu Beginn der zweiten Woche wurden die Neuen den regulären Arbeitskommandos zugeteilt, größtenteils in den riesigen Bergwerken rund um Workuta. Johann kam in eine Kohlenmine.

„Name?", fragte ihn der Anführer des Arbeitskommandos.

„Hauser", sagte Johann.

„Strafmaß?"

„Fünfundzwanzig Jahre."

Der Mann lachte und entblößte dabei eine Reihe fauliger Zähne. „Keine Sorge. Hier muss niemand fünfundzwanzig Jahre bleiben."

„Nicht?" Eine Welle der Erleichterung durchfuhr Johann.

„Nein. Vorher stirbst du." Der Sarkasmus quetschte sein Herz zusammen und machte das Atmen schwer.

Im Laufe der ersten Woche hatte sich Johann mit zwei Männern angefreundet, die unterschiedlicher nicht hätten sein können: der intelligente, stille Russe Igor, der immer gut informiert war, und ein Deutscher namens Alfred. Alfred war einzigartig: ein ehemaliger Boxer, dessen Körper dem noch Rechnung trug. Trotz des Hungers und der Ausbeutung hatte er nichts von seinem Drang, Ärger zu machen, eingebüßt.

Bei jeder Schlägerei konnte man sicher sein, dass Alfred mittendrin steckte. Es war fast, als ob er es genoss, bestraft zu werden. Johanns ursprüngliche Reaktion war es gewesen, einen großen Bogen um den Störenfried zu machen, aber er erkannte bald, dass selbst die Mitglieder der kriminellen Banden im Lager Respekt vor Alfred hatten.

Die Arbeit war quälend und nachdem er zehn Stunden lang mit bloßen Händen zentnerweise Kohle auf einen Güterwaggon geladen hatte, schaffte er es nur mit der Hilfe seines neuen Freundes Alfred zum Lager zurück.

Johann fiel wie ein Mehlsack auf sein Bett und öffnete die Augen erst, als Igor sagte: „Wenn du nicht aufstehst, wird jemand anderes dein Abendessen bekommen."

Abendessen? Er hatte schon beinahe vergessen, dass es auf dieser Welt noch etwas anderes gab als Arbeit. Mit schmerzenden Gliedern erhob er sich und folgte den anderen in die Küchenbaracke, um eine Schüssel widerliche Suppe und eine Scheibe Brot zu bekommen.

So vergingen die Tage in grausamer Monotonie: essen, schlafen und arbeiten. Hauptsächlich arbeiten.

Eines Tages sagte Igor: „Wusstest du, dass es hinter dem Verwaltungsgebäude eine Kulturbaracke gibt?"

„Eine was?" Johann starrte in seine Schüssel mit Fischsuppe. Er hatte an diesem Tag Glück gehabt und ein Stückchen Fisch darin gefunden. Zwar war es der Teil eines Fischkopfes, aber wen störte das schon?

„Es ist eine Art Bibliothek. Wir sollten mal hingehen."

„Pah ... Bücher lesen? Ich habe Besseres zu tun", sagte Alfred.

Johann war jedoch fasziniert. „Glaubst du, die haben etwas auf Deutsch?"

„Das bezweifle ich", grinste Igor. „Aber dein Russisch ist ziemlich gut."

Das war es, denn er hatte viel geübt, seit er herausgefunden hatte, dass es Vorteile brachte, die Landessprache zu sprechen. Es erlaubte ihm, mit den Wachleuten und den anderen Gefangenen zu kommunizieren. Die meisten seiner Kameraden hielten sich ausschließlich an die deutschen *Plenni*. Doch das stellte sich als

Fehler heraus, denn die Deutschen wurden ständig von den anderen Nationalitäten drangsaliert.

„Sprechen vielleicht, aber ich kann die kyrillischen Buchstaben nicht lesen."

„Ich bringe es dir bei."

In der Kulturbaracke fanden sie mehrere Klassiker der russischen Literatur sowie Werke von Marx und Lenin. Doch was Johann ganz kribbelig machte, war der Anblick einer Zeitung.

Eine echte Zeitung! Eine Ausgabe des Parteiblattes *Prawda* bedeutete Nachrichten aus der Welt da draußen. Wie jeder Gefangene sehnte er sich danach zu erfahren, was in der Außenwelt vor sich ging. Die letzten Jahre hatten die *Plenni* so gut wie nie Informationen erhalten. Wissensdurstig griff er sich die Zeitung und entzifferte mit Igors Hilfe die Schlagzeile.

„Es ist zu schwierig. Kannst du mir den Rest bitte vorlesen?", flehte er seinen Freund an.

Igor lachte gutmütig. „Nur wenn du mir versprichst, morgen zwei Zeilen zu lesen."

„Versprochen."

Prawda steckte voll mit kommunistischer Propaganda. Aber dank Igors taktvoller *Übersetzung* der wahren Bedeutung zwischen den Zeilen konnte sich Johann ein Bild der Geschehnisse in der Welt machen.

Nach mehreren Wochen war er in der Lage, einen ganzen Artikel allein zu lesen. Es gab ihm Hoffnung, eine Verbindung zur echten Welt zu haben, auch wenn es nur in Form von Propagandanachrichten war.

Die Wochen verstrichen und damit auch der Sommer. Hier oben, nördlich des Polarkreises, dauerte der Sommer sechs Wochen und der Winter zehn Monate. Johann lernte bald, dass der arktische Winter nichts war, worauf man sich freuen konnte.

Eines Tages wurden gefütterte Jacken an die Gefangenen verteilt, zusammen mit einem *Dokar*, einem Schafsfell, das man mit der Wollseite nach innen trug. Außerdem bekamen sie Fellstiefel namens *Walenki* und Fellmützen.

Diese Kleidung war viel wärmer als alles, was Johann während seiner Zeit in Woronesch besessen hatte. Ironischerweise schien es, als würde er in der Arktis weniger frieren als weiter südlich. Das dachte er jedenfalls.

Während der nächsten Monate musste er diese Hoffnung über Bord werfen. Das Thermometer fiel beständig und erreichte Minusgrade, die er niemals für möglich gehalten hätte.

Die Arbeit in der Eiseskälte wurde immer mühsamer. Mehr als einem seiner Kameraden erfroren die Finger, Zehen oder die Nase. Es fing mit einem Brennen und Jucken an und dann nichts mehr. Die Haut wurde erst geisterhaft weiß und dann schwarz, wenn der Betroffene nicht sofort die Erfrierung dadurch bekämpfte, dass er die Haut mit Schnee einrieb – ein Trick, den Johann in Woronesch gelernt hatte.

Abends hörte er die markerschütternden Schreie der Männer, denen die Zehen oder Finger von den inhaftierten Ärzten ohne irgendeine Form der Betäubung amputiert wurden. Das Netteste, was der Arzt tun konnte, war, den Patienten bewusstlos zu schlagen, bevor er anfing zu operieren.

Johann schleppte sich weiter. An sehr kalten Tagen trug er einen *Baschlyk*, eine Kapuze, die am Hals befestigt wurde und nur drei kleine Löcher für die Augen und den Mund freiließ. Obwohl der Baschlyk half, die schlimmste Kälte abzuhalten, war es eine Qual, damit zu arbeiten.

Unter dem Stoff verwandelte sich der Schweiß in Eis und bildete Eiszapfen um Mund und Nase. Johann konnte die mit Feuchtigkeit gesättigte Luft kaum einatmen. Andererseits verätzte ihm das Atmen ohne die Kapuze die Lungen. Es war einfach nicht möglich, bei diesen extremen Temperaturen sinnvoll zu arbeiten.

Die Einheimischen taten das einzig Vernünftige und verließen ihre Häuser im Winter so gut wie nie. Wie Bären hielten sie Winterschlaf und reduzierten ihr Leben auf das Nötigste. Ein

Luxus, den sich die Gefangenen nicht leisten konnten. Sie wurden gezwungen, selbst bei schlimmster Kälte draußen zu arbeiten.

Daher war Johann sehr überrascht, als der Wachmann eines Tages mit wichtiger Miene sagte: „Heute keine Arbeit."

„Warum nicht?", fragte Alfred. „Doch sicher nicht aus reiner Herzensgüte."

Trotz seines Elends musste Johann ein Lachen unterdrücken. „Sicher nicht."

„Weil es zu kalt ist", sagte Igor. „Unter minus dreißig Grad ist es einfach unmöglich, draußen zu sein."

„Ruhe!", bellte der Wachmann. „Euer Arbeitskommando wurde dazu eingeteilt, alle kaputten Betten im Lager zu reparieren."

Wie soll das denn gehen? Johann sprach seinen Zweifel nicht aus. Für den Moment war er damit zufrieden, nicht rausgehen zu müssen. Nicht, dass irgendjemand die Baracken als *warm* empfunden hätte. Die Gefangenen trugen ihre gefütterten Jacken und Schafsfelle Tag und Nacht. Aber wenigstens blieb es innen über dem Gefrierpunkt.

Am nächsten Tag suchten die Wachleute Freiwillige, die Holzscheite zum Haus des Kommandanten brachten. Johann war nicht erpicht auf die zusätzliche Arbeit, insbesondere nicht, weil sie einen Drei-Kilometer-Marsch durch die weiße Hölle um sie herum bedeutete.

Aber Igor packte ihn und Alfred an den Ellenbogen und trat vor. „Wir melden uns freiwillig."

„Bist du verrückt, du Idiot?", zischte Alfred und ballte bereits die Faust für eine ordentliche Schlägerei.

Johann ging dazwischen. Es war sowieso zu spät, um zu protestieren. Der Wachmann hatte ihre Namen bereits auf einer Liste notiert. Zusammen mit fünf anderen Freiwilligen luden sie die Holzscheite auf einen Panje-Schlitten. Normalerweise wurde er von einem Pferd oder einem Rudel Huskys gezogen, aber im Gulag ersetzten Männer die Tiere.

Johann fluchte vor sich hin und schwor Igor ewige Rache dafür, dass er sie für diese gottverdammte Mission gemeldet hatte. Als sie die Villa des Kommandanten erreichten, weiteten sich seine Augen ungläubig. Es war ein echtes Haus, aus Beton gebaut, zweifellos von armseligen Gefangenen. Die Wachleute flüchteten sich sofort nach drinnen und ließen die Gefangenen ihre Arbeit unbeaufsichtigt verrichten.

Als Johann das erste Mal den Lagerraum betrat, um das Holz abzuladen und aufzustapeln, konnte er kaum glauben, wie warm es dort war. In Kombination mit der schweren Arbeit verschwand die Kälte bald aus seinen Knochen und er legte erst die gefütterte Jacke und dann das Schaffell ab. Selbst Alfred hörte auf zu grummeln und zeigte ein zufriedenes Grinsen auf seinem bärtigen Gesicht.

Nachdem sie ihre Arbeit beendet hatten, machten sie es sich an den Holzstapeln gemütlich und warteten darauf, dass die Wachleute kamen und ihnen sagten, was sie als Nächstes tun sollten – obwohl es niemand eilig hatte, sich wieder auf den Rückweg zu machen. Einfach in der Wärme zu sitzen, war ein Vergnügen, auf das sie lange hatten verzichten müssen.

In der Zwischenzeit hatte sich der unerbittliche Wind in einen regelrechten Schneesturm verwandelt, der an den Türen und Fenstern rüttelte. Einer der Wachmänner kam, um nach ihrem Fortschritt zu schauen, und überbrachte ihnen wundervolle Neuigkeiten. „Der Sturm ist zu stark. Wir werden über Nacht hierbleiben. Ihr dürft im Lagerraum schlafen."

Igor erhob sich, um zu sprechen. „*Towarischtsch*, bekommen wir bitte etwas zu essen?"

Es schien, als hätte der Wachmann so banale Dinge wie Nahrung für die Gefangenen nicht bedacht, denn er runzelte die Stirn und zuckte dann mit den Schultern. „Ich vermute, das solltet ihr, nicht wahr?" Dann ging er wieder.

Eine lange Zeit geschah nichts und das einzige Geräusch, das Johann hörte, war das Heulen des Windes. Doch dann ging die Tür auf und eine alte Frau trat ein. Als er das Tablett in ihren Händen bemerkte, wäre er am liebsten vor ihr auf die Knie gefallen, um ihre Füße zu küssen.

„Der Kommandant hat mir befohlen, euch Essen zu bringen“, sagte sie und stellte das Tablett voller Leckerbissen ab, die Johann seit Jahren nicht gekostet hatte. Sie sah die Männer an und schüttelte den Kopf. „Ihr seid viel zu dünn. Ich hole besser noch mehr.“

Sobald sie verschwunden war, stürzten sich acht Männer wie ein Rudel Wölfe auf das Essen. Bei dem aromatischen Duft des herzhaften Eintopfs lief ihm das Wasser im Mund zusammen. Er tauchte den Löffel tief in den Topf und brachte ein Stück Kartoffel zum Vorschein. Sehnsuchtsvoll kostete er den himmlischen Geschmack und die cremige Konsistenz des Eintopfs. Heiße Flüssigkeit rann seine Kehle herab und wärmte seinen Magen von innen.

Der Eintopf enthielt nicht nur Kartoffeln, sondern auch winzige Fleischstücke, Möhren, Kohl und Zwiebeln. Kein Vergleich zu der Spülwassersuppe, die sie im Lager bekamen. Innerhalb von Minuten hatten sie den gesamten Topf geleert und schlugen ihre Zähne in dicke Brotscheiben, die großzügig mit Butter bestrichen waren.

Die alte Frau schaute ziemlich überrascht, als sie den blitzblank geleerten Topf sah. Auf dem Tablett war kein Krümel mehr zu sehen. Sie lächelte die Männer an und brachte *Kasha*, Äpfel und Kuchen.

„Gott segne Sie, gute Frau“, sagte Johann. Diesmal genossen die Männer das Essen und sonnten sich in dem Gefühl, satt zu sein.

„Habt ihr gehört? Eine Gruppe deutscher Kriegsgefangener ist freigelassen worden“, sagte Kurt.

„Wir sind keine Kriegsgefangenen mehr, wir sind verurteilte Kriminelle“, antwortete Johann. „Die Russen haben das mit ihren Scheinprozessen sichergestellt.“

„Aber es gab Fälle von Entlassungen selbst von denen, die für fünfundzwanzig Jahre verurteilt worden sind.“

„Träum weiter", sagte Alfred. „Sobald der Sommer kommt, fliehe ich."

„Was?" Die vier Deutschen plus Igor rissen die Köpfe herum und starrten ihn an.

„Ihr habt mich gehört." Alfred nickte und zeigte damit, dass es sein letztes Wort in der Angelegenheit war.

Während Johann nicht glaubte, dass solch ein Unterfangen eine Chance auf Erfolg hatte, bewunderte er Alfred für seinen Mut. Er selbst hatte sich mit seiner Gefangenschaft abgefunden und sie als unabänderliches Schicksal akzeptiert. Wenn er schon sein Leben in Gefangenschaft verbringen musste, konnte er ebenso gut das Beste daraus machen.

Natürlich hoffte er, dass er eines Tages diesen Ort verlassen durfte, den die russischen Gefangenen *die Heimat des Teufels* nannten. Aber er war entschlossen, nicht aufzugeben und sein Leben in den sehr engen Grenzen zu genießen.

Gesund zu bleiben war ausschlaggebend für seinen Plan. Jeden Tag machte er sich Tee aus Islandmoos, das er auf dem Weg zur Arbeit sammelte. Er lernte Russisch nicht nur zu sprechen, sondern auch zu lesen und zu schreiben, las die Zeitung und klassische Literatur, turnte, um die paar Muskeln, die er noch besaß, geschmeidig zu halten und so Verletzungen vorzubeugen. Und er erfreute sich an kleinen Dingen, wie mit vollem Magen in einem warmen Raum zu sitzen.

KAPITEL 21

Weihnachten kam und ging, aber die *Plenni* waren zu erschöpft, um es zu bemerken. Der Winter verging und der kurze Sommer vertrieb die brutale Kälte. Die Gefangenen pflanzten Gemüse, um ihren Speiseplan zu ergänzen, reparierten die Baracken und brachten hier und da Verschönerungen an.

Da sie keine zuverlässigen Nachrichten erhielten, stillten sie ihren Informationshunger hauptsächlich mit den Parolen, die die Runde machten. Jede zweite Woche verbreitete jemand den neuesten Tratsch über eine allgemeine Amnestie für alle Kriegsgefangenen, von der er zwischen den Zeilen eines *Prawda*-Artikels gelesen oder es einem Gespräch zwischen zwei Wachleuten entnommen haben wollte.

Manchmal geschahen Wunder und deutsche Kriegsgefangene wurden transferiert, entweder nach Hause oder in ein gewöhnliches Gefängnis. Die Sowjets gaben nie Erklärungen ab und die Männer wagten nicht zu fragen.

Johann lebte von einem Tag zum anderen und machte das Beste aus seiner furchtbaren Lage. Er konnte inzwischen recht fließend Russisch und nutzte seine Freizeit, um die Bücher aus der Kulturbaracke zu lesen.

In Workuta hatte jeder Gefangene einen freien Tag pro Woche, der *Wikhodnoi* genannt wurde, was man mit Ausgang übersetzen konnte. Ein zynischer Name, denn es war der einzige Tag, an dem die Gefangenen das Lager nicht verlassen mussten.

Johann hatte es schon lange aufgegeben, sich über den Hohn der Sowjets aufzuregen. Stattdessen genoss er die Freizeit. Die meisten Gefangenen verschliefen den Tag, aber er vergrub die Nase in Büchern, die ihn in eine bessere Welt versetzten, weit weg von der Heimat des Teufels.

Im Geiste schrieb er Briefe an seine geliebte Lotte. Die Gedanken an sie machten ihn gleichzeitig traurig und froh. Er stellte sie sich in ihrer ganzen Schönheit vor, mit Kindern, die an ihrem Rockzipfel hingen. Sie verdiente es wahrlich, glücklich zu sein. Doch obwohl er ihr das Beste wünschte, hasste er den Gedanken, dass ein anderer Mann an ihrer Seite war. In seinen Träumen waren die Kinder von ihm.

In Wirklichkeit gab es keine Briefe. Die Sowjets hatten beinahe hysterische Angst davor, dass die Gefangenen etwas Schlechtes über sie schreiben und die Welt da draußen die Wahrheit wissen lassen könnten. Johann schnaubte, denn es gab mehr als genug Abscheulichkeiten, über die er hätte schreiben können. Seiner Meinung nach standen die Kommunisten den Nazis in puncto Ungerechtigkeit, Grausamkeit, Menschenfeindlichkeit und Verlogenheit in nichts nach.

Wie Hitler rechtfertigte Stalin selbst die grausamsten Verbrechen mit seiner fehlgeleiteten Ideologie. Johann seufzte. Lernte die Menschheit denn niemals aus ihren Fehlern? Hatten die Römer nicht vor zweitausend Jahren die Christen verfolgt? Und hatten die Christen nicht vor tausend Jahren die Moslems in den

Kreuzzügen getötet? Hatten die Christen sich vor vierhundert Jahren nicht untereinander bis aufs Blut bekämpft im Dreißigjährigen Krieg? Alles, um eine intolerante Ideologie zu verteidigen, die besagte, dass es nur einen einzigen richtigen Weg gab. Wann würde die Menschheit endlich lernen, diejenigen in Frieden zu lassen, die anders aussahen, dachten oder lebten?

Vermutlich nicht mehr während seiner Zeit auf Erden.

„He, was machst du so?" Alfred schlenderte in die Bücherei.

„Wie du siehst, lese ich." Johann hielt das Buch *Anna Karenina* von Leo Tolstoi hoch. Es war schwere Kost und er hatte es nur mit Igors Hilfe über die erste Seite hinaus geschafft.

„Lesen, immer lesen. Komm raus, die Sonne scheint endlich. Und ich habe *Machorka* ergattert."

„Jetzt weiß ich, warum du deine Nase in die Bücherei gesteckt hast", sagte Johann mit einem Lachen und ging hinüber zu dem Korb mit der *Prawda*. Er riss eine halbe Seite ab und reichte sie seinem Freund.

Draußen nahm Alfred das Zeitungspapier und rollte den russischen Tabak mit überraschender Geschicklichkeit darin ein. Dann brach er die fertige Zigarette in zwei Hälften und reichte Johann eine davon.

„Ahhhh ... das tut gut." Johann kostete den süßlichen Geschmack. Er hatte etwas gebraucht, um sich an den Geschmack von *Machorka* zu gewöhnen, aber jetzt freute er sich über so einen Genuss. Die Gefangenen rollten den Tabak in Zeitungspapier, und zwar nicht nur aus Notwendigkeit, sondern weil er damit einfach am besten schmeckte.

Igor hatte ihnen erklärt, dass die Zeitungsverlage ein spezielles Papier extra für diese Zweitverwendung benutzten. In einer Sowjetunion, die von materiellen Engpässen geplagt war, wurde nichts verschwendet, noch nicht einmal alte Zeitungen. Andere zweite Verwendungszwecke waren weniger appetitlich, aber ebenso geschätzt.

„Wir sollten ein Fußballspiel organisieren", sagte Alfred und atmete den Rauch tief ein.

„Bist du verrückt? Wer hat denn die Energie für ein Spiel?"

„Es wird ein Spaß. Und wir müssen uns dringend mal etwas amüsieren." Alfred betrachtete die ärmlichen Überbleibsel seiner ehemals prallen Muskeln. „Außerdem brauche ich etwas Training, sonst verschwinde ich früher oder später ganz."

„Dann geh und organisier etwas." Johann zuckte mit den Schultern und inhalierte einen weiteren Zug des süßlichen Tabaks. Sollte Alfred tatsächlich ein Fußballspiel organisieren, würde er auf der Zuschauerbank sitzen und die Mannschaften anfeuern.

Etwa eine Stunde später kam sein Freund zurück. „Alles bereit."

„Wofür?" Johann schaute von seinem Buch hoch.

„Das Spiel, du Idiot. Hast du mir nicht zugehört?" Alfred boxte ihn freundschaftlich gegen die Schulter. „Los, komm."

Mit einem tiefen Seufzer klappte Johann sein Buch zu. Alfred war ein großartiger Freund und guter Kamerad, aber manchmal ging er ihm gewaltig auf die Nerven.

Der Hof war in ein behelfsmäßiges Fußballfeld verwandelt worden, auf dem zwei Holzscheite an jedem Ende die Tore darstellten. Einundzwanzig Spieler auf dem Feld warteten darauf, dass Alfred zurückkam. Eine Mannschaft bestand aus den relativ gut genährten Bandenanführern, Küchenarbeitern und anderen privilegierten Gefangenen.

Doch Johann schnappte nach Luft, als er das gegnerische Team in Uniformen gekleidet sah. Die Wachen hatten ihre Gewehre und Schlagstöcke gegen einen Ball eingetauscht. Die restlichen Gefangenen auf *Wikhodnoi* standen um das Feld herum und warteten gespannt.

Ein Pfiff ertönte und das Spiel begann. Die nächste halbe Stunde vergaß Johann das Elend seiner Existenz und feuerte seine Mannschaft an. Am Ende gewannen die Wachleute, was vermutlich das weiseste Ergebnis war.

Alle, inklusive der Wachen, hatten Spaß an der kleinen Auszeit von der harten Realität und die Verwaltung zeigte ihre Anerkennung, indem sie am Abend doppelte Rationen austeilen ließ. Alfred strahlte über beide Ohren und machte bereits Pläne für das nächste Spiel.

KAPITEL 22

Der Sommer rauschte viel zu schnell vorbei und der Winter kündigte sich an. Es wurde kalt und ehe sich Johann versah, fiel der erste Schnee. Das Leben in Workuta war brutal und unmenschlich, aber er regte sich nicht mehr darüber auf. Es war wie es war. Er sah keinen Sinn darin, über Dinge zu klagen, die er sowieso nicht ändern konnte.

Diejenigen, die ständig motzten, wurden gewöhnlich entweder bestraft oder verloren ihren Lebenswillen. Man konnte förmlich zusehen, wie die Lebensflamme in einem Mann erlosch. Von dem Moment an, in dem die Seele aufgab, schaffte der Körper es höchstens noch eine Woche.

Johann dachte oft an Helmut und hoffte, dass sein Freund sicher in der Heimat angekommen war. Er war sein Anker gewesen, sein Leuchtfeuer in der stürmischen See. Bei der Erinnerung wurde ihm ganz warm ums Herz. Obwohl er gegen seinen Willen zur Wehrmacht eingezogen worden war, hatte sich Helmut selten beschwert. Er hatte einen so unerschütterlichen Glauben an seinen Gott, dass ihn selbst die trostlosesten Tage ihrer Gefangenschaft nicht brechen konnten.

Johann selbst war hingegen nicht religiös. Seiner Ansicht nach passte der Beruf des Soldaten schlecht zum Christsein. Ein Soldat musste töten, was ein Christ nicht durfte.

In einer Sache stimmte er jedoch mit Helmut überein: Ein Mann brauchte einen Grund, um am Leben zu bleiben. Diejenigen, die keinen Sinn in ihrem Leid fanden, erlagen bald entweder Krankheiten oder der Erschöpfung.

In der Zeit vor seiner Verurteilung war Lotte sein Grund gewesen. Die Aussicht, zu ihr zurückzukehren, hatte ihn am Leben gehalten, sodass er sich Tag für Tag durchgebissen hatte … aber danach?

Er war kurz davor gewesen, Selbstmord zu begehen, was nur die sorgfältige Durchsuchung durch die sowjetischen Wachen verhindert hatte. Lange Zeit hatte er dies als Fluch angesehen, doch nun betrachtete er es als versteckten Segen. Er lebte noch.

Nach vielen Monaten in Workuta hatte er endlich seinen Grund zum Überleben gefunden: Er würde nach Deutschland zurückkehren und ein Zeuge der Ungerechtigkeiten sein, die die Sowjets begangen hatten. Er würde der Welt erzählen, was hier in der arktischen Tundra geschah, in Sibirien, in der eurasischen Steppe und überall sonst in der riesigen Sowjetunion.

Dann würde die Welt handeln und die gefangenen Menschen von ihrem Joch befreien oder wenigstens der Toten gedenken. Mit seiner neugefundenen Mission klammerte sich Johann an das Leben, einen Tag nach dem anderen.

Ungefähr eine Woche vor Weihnachten versprach der Kommandant den deutschen Gefangenen einen zusätzlichen freien Tag. Der kommunistische Bürokrat, der die Tausenden von zerlumpten Gefangenen im Hof betrachtete, sagte: „Um euren freien Tag an Weihnachten zu verdienen, müsst ihr erst die verlorene Zeit hereinholen.“

Die *Plenni* stöhnten unhörbar. Natürlich gab es einen Haken, denn den gab es immer.

„Wenn ihr eure Zielvorgaben übertrefft, bekommen am Weihnachtstag alle *Hirsekasha* und Zuckerbrühe."

Kurt zischte: „Zuckerbrühe? Lecker …"

Johann lief das Wasser im Mund zusammen, als er an die zuckrige Suppe dachte, die seine Kehle herabbrann. Süß war ein Geschmack, der im Speiseplan normalerweise nicht vorkam, und er sehnte sich nach Zucker wie ein Pervitinabhängiger nach seiner nächsten Methamphetaminpille.

Also mühten sie sich eine Woche lang jeden Tag zwei zusätzliche Stunden ab. Sie tauschten auf Teufel komm raus und jeder steuerte eine Kleinigkeit bei, um Weihnachten zu feiern. Einer organisierte eine Kerze, andere opferten ihre Mehlrationen für einen Kuchen und wieder andere präparierten kleine Geschenke zum Verteilen.

Johann wartete aufgeregt auf die Festlichkeiten, noch freudiger als in seiner Kindheit. An Heiligabend schrillten um fünf Uhr morgens die Wecksirenen und rissen alle aus dem Schlaf. Er drehte sich um und schloss die Augen in der Gewissheit, dass er heute ausschlafen durfte. Doch kurz darauf wurde er grob von einem Wachmann geschüttelt. „Steh auf, du Faulpelz!"

Er schreckte mit weit aufgerissenen Augen hoch. „*Towarischtsch*, heute ist unser *Wikhodnoi*. Wir haben eine Woche lang extra Stunden gearbeitet, um den Tag freizubekommen."

„Der Kommandant hat seine Meinung geändert. Steh auf und geh an die Arbeit."

Kurt sagte: „Siehst du, ich habe dir doch gesagt, die halten ihr Versprechen nicht. Verdammte Russen."

„Ich gehe nicht", sagte Alfred. „Ich habe meine Quote schon erfüllt, also bleibe ich im Bett."

„Nein, das wirst du nicht. Aufstehen und arbeiten!", schrie der Wachmann.

In seiner unnachahmlichen Missachtung von Autoritäten glitt Alfred aus dem Bett, verschränkte die Arme vor der Brust und sagte: „Nein."

Johann machte einen Schritt auf seinen Freund zu. „Alfred, bitte."

„Du! Aus dem Weg", warnte der Wachmann Johann und schlug Alfred mit dem Schlagstock auf die Schulter. Johann hatte gerade noch genug Zeit, um zur Seite zu springen, ehe Alfred seinem Zorn freien Lauf ließ und dem Wachmann seinen Kopf in den Magen rammte.

Die anderen Gefangenen in der Baracke verfolgten das Spektakel mit offenen Mündern, aber niemand wagte es einzugreifen. Natürlich konnte ein solcher Regelbruch nicht lange währen und innerhalb einer Minute stürmten weitere Wachleute in die Baracke und zerrten Alfred davon.

Während der Arbeit fürchtete Johann den ganzen Tag, seinen Freund nie wiederzusehen. Am Abend, als sie ins Lager zurückkehrten, sagte ihm jemand: „Alfred wurde in den Strafblock geschickt."

Johann schluckte. Zumindest war er nicht tot – noch nicht. Im Strafblock wurden unter anderem Serienmörder gefangen gehalten. Brutale und gefährliche Männer, mit denen niemand Kontakt haben wollte. Schauer jagten über seinen Rücken und den Rest der Woche nagte die Sorge um Alfred an ihm.

Doch eines Tages tauchte Alfred mit einem Grinsen im Gesicht in der Kulturbaracke auf. „He, ich bin wieder da."

„Verdammt, ich war krank vor Sorge um dich", sagte Johann.

„Mir gehts gut. Es war eine nette Abwechslung. Ich sollte viel öfter eine Schlägerei anzetteln."

„Du bist vollkommen verrückt. Was haben sie dir angetan?"

„Wer?" Alfred strahlte wie eine Glühbirne.

„Die Serienmörder."

„Ach die …" Alfred winkte ab. „Die sind schwer in Ordnung."

Johann fielen beinahe die Augen aus dem Kopf. „Du willst mich veräppeln, richtig?"

„Nein, überhaupt nicht. Erst haben sie mich nicht so recht willkommen geheißen in ihrem Block, aber das hat sich geändert, nachdem ich ihre drei Anführer k. o. geschlagen habe." Alfred schmunzelte. „Danach habe ich angeboten, ihnen Boxen beizubringen, und wir wurden dicke Freunde."

„Wissen die Wachen davon?"

„Klar, deswegen haben sie mich zurückgeschickt. Es scheint, als hätte ich einen schlechten Einfluss. Stell dir das vor, ich korrumpiere Schwerverbrecher und Mörder."

„Du bist … einfach … einzigartig." Johann schüttelte den Kopf. „Aber ich bin froh, dass du zurück bist. Ich habe dich vermisst."

„Schluss damit … werd jetzt bloß nicht sentimental! Ich war noch nicht mal eine Woche weg. Fängst du an, wie ein Säugling zu heulen, wenn sie dich entlassen und mich nicht?" Alfred zeigte seine raue Schale, aber Johann konnte sehen, dass er gerührt war.

„Wir werden zusammen entlassen. Was meinst du?"

„Nee, nach der Aktion werden die mich niemals freilassen. Ich bin mir sicher, dass sie noch mindestens fünf Jahre auf mein Urteil draufgepackt haben."

„Warum? Warum bringst du dich dauernd in Schwierigkeiten? Ich meine, willst du nicht nach Hause?"

Alfred machte ein trauriges Gesicht. „Es gibt niemanden, zu dem ich heimkehren könnte."

„Du darfst die Hoffnung nicht aufgeben —"

„Tue ich nicht. Hast du mich nicht ständig mit deinen Weisheiten genervt, dass ein Mann eine Mission braucht, um diese Hölle zu überleben?"

„Habe ich … aber was hilft es da, Schlägereien anzuzetteln?"

„Nun." Alberts Gesicht nahm einen entschlossenen Ausdruck an. „Da ich dieses Drecksloch sowieso nicht lebend verlassen werde, habe ich es mir zur Mission gemacht, den Wachen so viel Ärger zu bereiten, wie ich nur kann. Sie können mich so viel bestrafen, wie sie wollen. Ich werde jeden kleinen Kampf mit ihnen sowie die Genugtuung genießen, die ich empfinde, wenn ich ihre dämlichen Regeln breche. Niemand legt sich mit Alfred Weller an!"

„Das ist eine seltsame Mission, aber wenn sie dich glücklich macht, mein Freund ... Jedem das Seine."

„Weißt du was? Es klingt vielleicht seltsam, aber die schönsten Minuten meines Lebens sind die, in denen ich in Schlägereien verwickelt bin. Es ist fast so, als wäre ich wieder ein freier Mann im Boxring, bereit für meinen Gegner."

Einige Tage später suchte ein Wachmann Alfred auf und flüsterte geraume Zeit mit ihm.

„Was wollte er?", fragte Johann.

„Hat mir ein Angebot gemacht."

„Ein Angebot wofür?" Johann beäugte seinen Freund misstrauisch.

„Mehr Essen, leichtere Arbeit und Frauen."

Johann schnappte nach Luft. „Frauen?" Die letzte Frau, die er gesehen hatte, war die ältere Hauswirtschafterin im Haus des Kommandanten. Er wusste zwar, dass es irgendwo in der Nähe ein Lager für weibliche Gefangene gab, hatte aber nie eine von ihnen gesehen.

„Ja."

„Was musst du dafür machen?"

„Das, was ich am besten kann."

Johann hätte ihn am liebsten geschlagen, aber angesichts der Tatsache, dass Alfred ihn mit der linken Hand zerschmettern konnte, war das keine besonders schlaue Idee. „Wirst du mir endlich die ganze Geschichte erzählen oder muss ich dir jeden Wurm einzeln aus der Nase ziehen?"

Alfred gluckste. „Ich weiß ehrlich nicht, wie wir beide Freunde geworden sind. Du kannst so naiv sein. Sie wollen, dass ich sie mit Käfigkämpfen unterhalte."

„Käfigkämpfe?"

„Ja. Und bevor du mich jetzt mit fehlgeleiteten Moralpredigten bombardierst, der Preis für den Gewinner ist das Leben."

„Alfred! Das kannst du doch nicht ernst meinen! Dem kannst du nicht zustimmen!"

„Natürlich meine ich es ernst. Und ich habe schon angenommen."

„Aber was ist, wenn du verlierst?" Er konnte Alfreds draufgängerisches Verhalten nicht verstehen. Abgesehen von der Verwerflichkeit, es darauf anzulegen, einen anderen Mann zu töten, warum würde er solch ein großes Risiko eingehen wollen?

„Ernsthaft? Was macht es denn für einen Unterschied, ob ich in einem guten Kampf draufgehe oder beim Kohleschleppen?" Alfred legte den Kopf schief. „Sag mir die Wahrheit: Hast du noch nie über Selbstmord nachgedacht?"

Johann schluckte. „Habe ich, aber ..."

„Das hier ist meine Chance, das zu tun, was ich am meisten liebe, anstatt mich jeden Tag für diese Hundesöhne krummzulegen. Egal wie viel Zeit mir auf dieser Erde noch bleibt, ich werde jede Minute davon auskosten. Und ich werde nicht mehr hungrig ins Bett gehen."

„Ich hoffe, du bereust diese Entscheidung nicht."

„Ganz sicher nicht."

Alfred kam sofort in eine Baracke für privilegierte Gefangene und etwa eine Woche später wurde der erste Käfigkampf in der Zeit zwischen Abendessen und Nachtruhe ausgetragen.

Alle Gefangenen durften zuschauen. Johann ging mit Igor zusammen hin und knabberte nervös an seiner Unterlippe. Er wollte seinen Freund nicht sterben sehen, aber andererseits wollte er ihm seine Unterstützung zeigen und ihm beim Kämpfen zuschauen.

Ein Pfiff ertönte und der Kampf begann. Alfred bewegte sich wie der Profi, der er war, und sein Gegner, ein stämmiger Neuankömmling, hielt nicht lange durch. Johann schloss beim blutigen Finale die Augen, jubelte aber mit allen anderen, als der Gewinner gekürt wurde.

„Alfred! Alfred!", skandierte die Menge, als der nächste Gegner in den behelfsmäßigen Ring geführt wurde.

„Ich kann mir das nicht ansehen. Es ist barbarisch", sagte Johann zu Igor und wollte gehen.

„Du kannst nicht weg, nicht jetzt. Nicht, wenn wir das erste Mal seit Monaten Spaß haben", warf Kurt ein.

„Das nennst du Spaß?", fragte Johann entsetzt.

„Komm schon. Diese Kerle verdienen es. Hast du bei der Vorstellung nicht zugehört? Der letzte hat drei junge Frauen bei lebendigem Leibe gehäutet. Du kannst unmöglich Mitgefühl für den haben, oder?"

Johann zuckte mit den Schultern. Das alles war so falsch. So unglaublich falsch. Er hatte angenommen, dass das als heroische Tat verkleidete Morden mit dem Krieg aufgehört hatte. Anscheinend nicht. Stattdessen hatten sie sich die Menschen in der brutalen Umgebung des Gulag in Bestien verwandelt.

Später trat Johann auf Alfred zu. „Herzlichen Glückwunsch."

„Ich weiß, dass du meine Entscheidung nicht gutheißt. Deswegen bedeutet es mir eine Menge, dass du gekommen bist."

„Du bist immer noch mein Freund. Und vielleicht kann ich dich überzeugen, damit aufzuhören." Unter normalen Umständen hätte Johann nichts mit einem Mann wie Alfred zu tun haben wollen, aber was war an seinem Leben schon normal?

„Ich werde nicht aufhören. Das hier ist mein Schicksal."

„Was ist aus deiner Mission geworden, den Wachen möglichst viel Ärger zu machen?"

„Nun, ich habe eine bessere Mission gefunden: meinen Mitgefangenen dringend benötigte Unterhaltung zu bieten, und meinen Spaß dabei zu haben." Alfred starrte Johann lange Zeit an. „Und du, mein Freund, musst mehr so werden wie ich. Du bist ein guter Kerl, aber das hilft dir hier nicht weiter. Du musst dein Gewissen im Schnee begraben und brutal und skrupellos werden. In der Heimat des Teufels gedeihen nur die bösen Buben."

Johann erschauerte. Seine Integrität und moralischen Werte

waren das Einzige, das die Sowjets ihm nicht gestohlen hatten. Er würde sie nicht aufgeben. Niemals. „Das ist nicht meine Art."

„Wenn du deine Meinung änderst, lass es mich wissen. Ich kann dir vielleicht ein paar Kniffe beibringen." Alfred wandte sich schmunzelnd ab.

KAPITEL 23

Der Dezember war zwar der dunkelste Monat des Jahres, mit fast zwei Wochen Polarnacht, aber der Januar war der schlimmste. Es wurde noch kälter und trostloser. Johann war nie bewusst gewesen, wie sehr der Mensch das Sonnenlicht brauchte, bis es plötzlich nicht mehr da war. Frieren war zu einem Dauerzustand geworden und wie alle anderen sehnte er sich nach dem kurzen Sommer.

Der Fluss war der Haupttransportweg sowohl für die Dorfbewohner als auch für das Lager und die Kohleminen. Das halbe Jahr über wurde das Material mit Seeschiffen transportiert und im Winter zogen Pferdeschlitten Menschen und Material über das Eis.

Im Frühling begann es schließlich zu tauen. Weil die Ufer des Flusses noch gefroren waren, luden Schiffe die Vorräte auf Flöße um, die zu den eisgespickten Ufern fuhren. Die Gefangenen zogen die Flöße aus dem Wasser und über das Eis, luden die Vorräte ab und schickten sie zurück.

Johann war seit dem frühen Morgen dabei, die schweren Flösse zu ziehen, und zitterte trotz der schweißtreibenden Arbeit wie

Espenlaub. Der gottverdammte eisige Wind schnitt durch seine Kleidung und brannte auf seiner Haut.

Seine Finger waren schon vor Stunden taub geworden, doch er durfte keine Pause machen geschweige denn aufhören. Sein Arbeitskommando war damit beauftragt worden, die eingefrorenen Flöße zu befreien.

Es war Knochenarbeit, aber wenigstens ließen die Wachen die *Plenni* in Ruhe und trieben sie nicht an, denn sie saßen lieber am warmen Feuer. Johann konnte sehen, dass eine Flasche Wodka herumging. Neidisch beäugte er die flackernden Flammen und stellte sich vor, wie die Hitze zu ihm herüberwehte.

Er fragte sich oft, ob die Wachmänner freiwillig in Workuta waren oder ob es auch für sie eine Strafe war. Es gab doch sicherlich beliebtere Orte im sowjetischen Gulagsystem.

Ein furchtbares Krachen zerriss die Luft und unterbrach seinen Gedankengang. Im nächsten Moment brannte sein linkes Bein mit unerträglicher Intensität.

„Hilfe! Ich bin eingebrochen!" Er schrie so laut er konnte und versuchte, sein Bein zu befreien. Aber da er keinen Halt hatte, konnte er sich nicht hochziehen. Er warf seinen Oberkörper flach auf das Eis und versuchte, vorwärts zu kriechen. Doch sein Bein rührte sich nicht. „Hilfe!"

Einer der Wachmänner sah herüber und rief den anderen Gefangenen ein paar Befehle zu. Johanns Bein war in der Zwischenzeit taub geworden und er spürte, wie das Leben langsam aus seinem Körper glitt.

Das Zerren, Ziehen und Schieben seiner Kameraden bekam er kaum noch mit, denn wohlige Taubheit umhüllte ihn. Er öffnete die Augen erst wieder, als jemand ihm eine brennende Flüssigkeit einflößte. Wodka! Er schluckte und prustete. Das heftige Brennen bis tief in seinen Magen war wohl ein Zeichen dafür, dass er noch nicht tot war.

„Zieht ihm die nassen Sachen aus", befahl einer der Wachmänner und jemand fing an, an seinen Beinen herumzuzerren. Er spürte, wie ihm die Fellstiefel und Hose ausgezogen und er in eine dicke Decke eingewickelt wurde, ehe man ihn neben das Feuer legte.

Dankbar für die Wärme lächelte Johann eine Dorfbewohnerin an, die ihm half, sich aufzusetzen, und ihm einen Becher mit heißem Tee reichte.

„Trink das", drängte sie ihn.

Er versuchte es, aber seine Hände zitterten so heftig, dass er die Hälfte verschüttete. Die freundliche Frau kam ihm zur Hilfe und hielt ihm den Becher an die Lippen.

Für den Rest des Tages wurde Johann von der Arbeit befreit. Er trank den Tee und rieb sich kräftig das Bein in der Hoffnung, die Zirkulation wieder in Gang zu bringen. Als das halb gefrorene Blut in wieder zu fließen begann, verwandelte sich sein Gesicht in eine schmerzverzerrte Grimasse. Das intensive Kribbeln fühlte sich an, als würden übergroße Nadeln tief in sein Fleisch gestochen.

Doch die Qualen waren allemal besser als erfrorene Zehen oder – Gott bewahre – ein erfrorenes Bein. Der Wachmann sagte ihm, dass er erst auf eigenen Beinen zum Lager zurücklaufen musste, ehe er einen Arzt aufsuchen konnte.

Einige der Dorfbewohner, die um das Feuer saßen und auf die Waren von den Flößen warteten, fingen ein Gespräch mit ihm an.

„Deutscher?", fragte ein Mann, der aussah wie ein Bär.

„Ja."

„*Wojna kaput.*" Der Krieg ist vorbei, sagte der Russe.

Johann nickte. Was sollte er auch antworten? *Der Krieg ist seit fünf verdammten Jahren vorbei und ich bin immer noch hier, unrechtmäßig gefangen gehalten von euren korrupten und degenerierten Führern.*

„Du musst hungrig sein." Eine junge Frau reichte Johann ein Stück Brot.

„Gib ihm nichts, er hatte schon Tee", rügte sie der Wachmann.

Sie ließ sich nicht beirren und sagte: „Gebt ihnen schon Essen. Das sind auch Menschen."

„Das geht dich nichts an", sagte der Wachmann.

Johann jedoch war für das gezeigte Mitgefühl überaus dankbar. Nicht alle Russen waren schlechte Menschen. Diese Dorfbewohner waren nicht aus dem gleichen Holz geschnitzt wie die menschenverachtenden Bürokraten in Moskau, die den Scheinprozessen vorsaßen.

Eine alte Frau rückte näher an ihn heran und flüsterte: „Ich höre, ihr bekommt Seife im Lager."

Er nickte. Jeder *Plenni* bekam einmal monatlich eine Seifenration. Er hätte lieber was zu Essen gehabt, denn im Winter konnte er die Seife sowieso nicht benutzen. Es gab kein Wasser, mit dem er sich oder seine Kleidung hätten waschen können. Nur Schnee. Das wenige Wasser, das sie durch Schmelzen des Schnees erhielten, wurden zum Trinken oder Kochen verwendet.

„Hast du Seife zum Tauschen?", bohrte sie weiter.

Er horchte auf. „Vielleicht. Was bietest du dafür?"

Sie sah sich um, um sicherzugehen, dass die Wachmänner ihr Gespräch nicht mit anhörten, denn sonst würden sie einen Anteil fordern. „Brot."

„Brot ist gut, aber ..." Johann dachte einen Moment nach. Sie bekamen Brot im Lager. Was sie dringend brauchten, war Gemüse. Einige seiner Kameraden waren bereits der Seemannskrankheit Skorbut zum Opfer gefallen. „... hast du Zwiebeln und Kartoffeln?"

Die Frau nickte und sie vereinbarten eine Tauschaktion für den nächsten Tag. Seife im Austausch gegen Kartoffeln, Zwiebeln und Karotten. Dann erinnerte er sich daran, dass er möglicherweise einige Tage nicht würde arbeiten können und sagte: „Siehst du diesen Mann da drüben, den dürren in Lumpen gekleideten mit der Fellmütze?"

Sie sah ihn verwirrt an und er hätte beinahe laut aufgelacht. Alle Gefangenen entsprachen dieser Beschreibung.

„Wie heißt du?"

„Nadja."

„Nadja, wenn ich morgen nicht hier bin, dann wird ein Mann namens Kurt zu dir kommen und das Geschäft machen."

„Warum redest du noch mit dem Gefangenen? Hast du nichts
Besseres zu tun?“, fuhr eine der Wachen sie an.

„Halt den Mund“, sagte sie, stand aber trotzdem auf und ging,
wobei sie murmelte: „Kurt. Morgen.“

KAPITEL 24

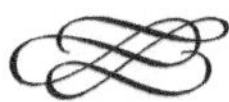

Eines Tages fiel Johann auf, dass bereits zwei Jahre seit seiner Verurteilung vergangen waren. Noch dreiundzwanzig Jahre standen ihm bevor. Es fühlte sich an wie hundert Ewigkeiten. An Tagen wie diesem tropfte die Hoffnung in Rinnsalen aus ihm und hinterließ nichts als gähnende Leere. Sein Verstand verklumpte mit Tristesse und Verzweiflung, die jede Erinnerung an glücklichere Tage verdrängten.

Wenn er anfing, die Welt zu vergessen, die er hinter sich gelassen hatte, bedeutete das, dass auch sie ihn vergessen hatte? Er fürchtete, dass niemand mehr da wäre, der sich noch an ihn erinnerte, sollte er jemals wieder heimkehren. Ein trockener Schluchzer drang aus seiner Kehle.

Die Trauer über den Verlust seiner geliebten Lotte lastete schwer auf seinem Herzen, selbst nach so langer Zeit. Gedanken an sie hatten ihn in Woronesch aufrecht gehalten, aber nach seiner Verhandlung war er entschlossen gewesen, sie loszulassen und nicht zu beweinen, was niemals sein würde.

In letzter Zeit hatte er allerdings begonnen, nachts von ihr zu träumen. Es waren keine guten Träume, denn jedes Mal, wenn er seine Hand nach ihr ausstreckte, verschwamm und verblasste ihr

Gesicht. Er rannte ihr hinterher und rief: *Warte! Lotte, warte auf mich!*, aber je schneller er rannte, desto mehr verschwand sie im Nebel. Dann wachte er mit wild klopfendem Herzen auf, sein ganzer Körper in kalten Schweiß gebadet.

Er starrte in die Dunkelheit und rief sich ihr Gesicht vor Augen. Aber es klappte nie. Seit ihr Foto einer der regelmäßigen Durchsuchungsaktionen zum Opfer gefallen war, verlor er die Erinnerung an sie – Stück für quälendes Stück. Erst war ihr süßes Gesicht verschwunden, dann der Klang ihrer Stimme, der Geruch ihrer Haare, das Gefühl ihrer weichen Lippen auf seinen.

Die einzig verbleibende Spur ihrer Existenz war der Herzschmerz, wenn er ihren Namen aussprach. *Charlotte. Meine geliebte Lotte.* Er hoffte so sehr, dass sie ihn vergessen hatte und ein glückliches, erfülltes Leben führte. Gleichzeitig hasste er die Vorstellung, dass sie ohne ihn weiterlebte.

„Hast du schon nach Hause geschrieben?", fragte Igor eines Tages. Den Gefangenen wurde alle drei Monate ein Brief gestattet, aber Ausländer mussten ihn auf einem besonderen Formular schreiben, das seltsamerweise nie vorhanden war.

„Sehr lustig."

„Nein, ich meine es ernst. Ich habe gerade meinen Brief abgegeben und habe einen kleinen Stapel der Ausländerformulare in der Kulturbaracke gesehen. Du solltest dich besser beeilen, ehe alle weg —"

Igor hatte den Satz noch nicht beendet, da stürmte Johann schon aus der Baracke. In der Bücherei angekommen, fragte er den Wachmann nach dem Formular und bekam das letzte ausgehändigt. Er drückte es gerührt an sein Herz.

Tränen traten ihm in die Augen und er blinzelte sie weg. Sobald er an der Reihe war, den Stift zu benutzen, setzte er sich an einen der Tische. Aber es fiel ihm nichts ein, was er schreiben konnte. Erinnerte sie sich überhaupt an ihn?

Mit einem tiefen Seufzer schrieb er:

Liebe Lotte,

ich hoffe, dass dieser Brief Dich bei bester Gesundheit erreicht und dass Du meine letzte Nachricht erhalten hast. Die Situation in Workuta ist ... nun, kalt. Aber es geht mir gut und ich möchte nicht, dass Du oder sonst jemand sich um mich sorgt. Bitte.

Wenn es nicht zu viele Umstände macht, möchte ich Dich bitten, mir ein Päckchen mit dem Notwendigsten über das Rote Kreuz zu schicken (wie das geht, steht hinten auf diesem Formular). Und bitte, erzähl mir von Deinem Leben.

Ich liebe Dich noch immer mit jeder Faser meines Seins, weswegen ich Dich eindringlich bitte, nicht auf mich zu warten. Du verdienst ein Leben voller Glück und Zufriedenheit. Da ich weiß, wie dickköpfig Du bist, kann ich Dich schmollen sehen, aber tu mir den Gefallen und höre nur dieses eine Mal auf mich.

Auf gar keinen Fall erlaube ich Dir, weitere dreiundzwanzig Jahre auf mich zu warten. Du musst das Leben genießen, denn ich kann es nicht. Mach alles mit so viel Freude, dass es für uns beide reicht.

Johann

~

Drei Monate später

"Hast du schon gehört?" Kurt stürmte in die Baracke, wo Johann einen Faden aus seiner Decke zog.

„Was gehört?" Er schaute kaum auf, denn er musste genug Material sammeln, um sich Socken für den Winter zu stricken.

„Sie bringen eine ganze Zugladung voll Briefe und Päckchen ins Lager, jetzt in diesem Moment."

Johann ließ die Decke fallen und sammelte die losen Fäden in seiner Tasche. Er hastete an seinen Kameraden vorbei, die mit offenen Mündern dastanden. „Worauf wartet ihr? Los, kommt!", rief er ihnen zu.

Gemeinsam hasteten sie hinüber zur Kulturbaracke, wo sich eine große Menge Gefangener versammelt hatte und auf die Verteilung der Pakete wartete.

Freudige Erwartung hing in der Luft, die Johann so noch nie verspürt hatte. Die dumpfe Eintönigkeit des Lagerlebens und die Apathie der Gefangenen waren weggeblasen wie Staub im Sturm. Tausende Augenpaare funkelten vor Aufregung. Kaum einer begriff das Wunder, das sich gerade vor ihren Augen abspielte.

Einige der russischen Gefangenen hatten bereits Briefe erhalten – sorgfältig formulierte Worte von ihren Familien, damit sie die Zensur passierten. Doch keiner der Deutschen hatte bisher auch nur ein Sterbenswörtchen von zu Hause gehört.

Und jetzt gleich eine ganze Kiste voll guter Dinge? Undenkbar.

Johann knetete seine Finger. Er hatte Lotte geschrieben, dass sie ihn vergessen sollte, aber jetzt hoffte er, dass sie genug Herzensgüte besaß, um ihm trotzdem ein Paket zu schicken ... oder wenigstens einen Brief. Eine Postkarte vielleicht. Irgendetwas?

Er wartete über eine Stunde, während ein Name nach dem anderen aufgerufen wurde. Seiner jedoch nicht. Es war noch ein ganzer Stapel Pakete übrig, als der diensthabende Wachmann verkündete: „Schlafenszeit. Geht in eure Baracken. Wir werden den Rest morgen nach dem Abendessen verteilen."

Johann klappte zusammen wie ein Taschenmesser. Jegliche Energie war aus seinem Körper verschwunden.

„He, dein Name könnte morgen dran sein", versuchte Kurt ihn zu trösten, während er sein eigenes Päckchen selig an die Brust drückte.

Am nächsten Abend versammelte sich eine deutlich kleinere Anzahl Männer, um auf die Verteilung der Pakete zu warten. Johann hatte die Hoffnung schon fast aufgegeben, als nur noch ein einziges mittelgroßes Päckchen übrig war. Er drehte sich um, um mit hängenden Schultern zu seiner Baracke zu schlurfen, als jemand ihn anstieß.

„He, bist du nicht Hauser?"

Er nickte.

„Sie haben dich aufgerufen!"

Mich aufgerufen? In seiner tiefen Verzweiflung hatte er es nicht gehört, aber jetzt drehte er sich um und rannte förmlich auf den Wachmann zu. Nachdem dieser Johanns Identität geprüft hatte, reichte er ihm das Paket. Er erkannte Lottes Handschrift auf dem Adressfeld und glaubte einen Moment lang, ihren Duft zu riechen und ihre Liebe zu ihm zu spüren. Er schluckte den Kloß herunter, der sich in seinem Hals bildete, und drückte das Paket an sich.

In der Baracke legte er es ehrfürchtig auf sein Bett und strich mit den Fingern über den glatten Karton. Er würde einen guten Schutzschild gegen den Wind abgeben, wenn er ihn im Winter zwischen Hemd und Jacke steckte. Oder er konnte ihn dazu benutzen, um das Loch in seinem Schuh zu flicken … es gab endlose Möglichkeiten.

Er entknotete die Kordel, die das Paket verschlossen hielt und wickelte sie sofort um seine Hüfte. Eine Kordel war begehrt und musste gut bewacht werden, damit sie nicht gestohlen wurde.

Als er bereit war, das Paket zu öffnen, zitterten seine Hände und sein Herz flatterte. Er schloss einen Moment die Augen, um tief Luft zu holen, ehe er den Deckel abnahm. Es war bis zum Rand gefüllt mit Gegenständen, die er seit Jahren weder gesehen noch geschmeckt oder gefühlt hatte.

Zwei Paar Wollsocken. Das weichste, kuscheligste, handgestrickte Unterhemd aus Angorawolle. Arbeitshandschuhe aus festem Material. Seine Finger nahmen die robusten, dunkelgelben Handschuhe sorgsam heraus und probierten sie an. Ein zutiefst befriedigter Seufzer entschlüpfte ihm, denn das Tragen dieser Handschuhe ließ die nächste Schicht wie einen Klacks erscheinen.

Doch da war noch mehr im Paket. Er fand haltbares

Schwarzbrot, eine Salami von der Größe seines Unterarms, leicht verschrumpelte Äpfel, Linsen, Schokolade und ein Pfund Zucker, alles sorgfältig verstaut. Er konnte sein Glück kaum fassen. Zucker war so kostbar wie Gold und ein hervorragendes Tauschmittel.

Erst als er sich alles angesehen und betastet hatte, nahm er Lottes Brief in die Hand. Ein Foto rutschte heraus. Ein Lächeln ließ ihr Gesicht erstrahlen und sofort erinnerte er sich an den Klang ihres Lachens. Er strich mit dem Finger über das Bild, streichelte ihre gerundeten Wangen, ihre Stupsnase und ihre wunderbaren roten Locken.

Einen Augenblick lang war er überrascht, weil sie viel älter aussah, als er sie in Erinnerung hatte. Dann schnaubte er; die Zeit war auch für sie vergangen. *Sie muss jetzt …* Er musste ihr Alter nachrechnen. *Vierundzwanzig sein!*

Wie sehr musste sich das achtzehnjährige Mädchen verändert haben, das er gekannt hatte, um zu der Frau zu werden, die ihn anschaute. Der Gedanke gab ihm einen Stich. Er steckte das Foto ein, hob den Brief an seine Nase und atmete tief ein. Erinnerungen an ihren Geruch fluteten zurück in seinen Kopf, während der Duft von Rosen und ein Hauch Würze tief in sein Herz drang und ein Feuer in seiner Seele entfachte.

Ihre Handschrift war großzügig und schwungvoll, so wie sie selbst. Doch der Strich durch das „t" war so kräftig, dass es das ganze Wort irgendwie streitlustig machte, als wollte sie alles angreifen, was sich ihr in den Weg stellte.

Er lächelte. Das war seine Lotte. Immer bereit, gegen das zu kämpfen, was sie als ungerecht empfand. *Sie ist nicht mehr dein Mädel,* rief er sich selbst in Erinnerung.

Mit angehaltenem Atem brachte er den Mut auf, den Brief auseinanderzufalten und glatt zu streichen, ehe er zu lesen begann.

Liebster Johann,

Ich habe vor zwei Jahren Deine Postkarte erhalten. Sie hat mich zum Weinen gebracht. Ich habe zwei volle Tage geweint. Erst aus Traurigkeit und Gram, dann vor Wut. Wag es ja nicht, mir zu sagen, dass ich Dich vergessen soll! Denn so funktioniert das nicht.

Ohne Dich wäre ich heute nicht am Leben, erinnerst Du Dich daran? Selbst wenn ich Dich nicht von ganzem Herzen lieben würde, würde ich trotzdem darauf warten, dass Du an meine Seite zurückkehrst.

Also hör auf, mir zu sagen, Dich zu vergessen, denn das ist unglaublich selbstsüchtig, rücksichtslos und kaltherzig von Dir. Ich werde Dir dieses eine Mal verzeihen, weil ich weiß, wie verstörend das Urteil für Dich gewesen sein muss, aber Du sprichst das Thema besser nicht noch mal an! Ist das klar?

Er konnte die Tränen nicht aufhalten, die ihm über die Wangen liefen. Das war seine Lotte, wie sie leibte und lebte. Nur sie war in der Lage, einen Mann auszuschimpfen, der in der Heimat des Teufels gefangen war, weil er ihr gesagt hatte, sie solle ihn vergessen und mit einem anderen glücklich werden.

Doch seine Tränen waren Freudentränen. Zu wissen, dass sie ihn noch immer liebte, verursachte einen Glücksrausch in ihm. Für kurze Zeit konnte er sein Elend vergessen und sogar auf eine vorzeitige Entlassung hoffen. Er sah sich verstohlen um und wischte sich die Tränen ab, denn niemand sollte seinen emotionalen Aufruhr mitbekommen.

Jetzt, da die Sowjets Briefe und Pakete erlaubt haben, werde ich Dir alle drei Monate eins schicken. Wenn Du kannst, schreib mir bitte zurück und sag mir, was Du am dringendsten benötigst.

Ich habe eine gewisse Vorstellung, denn – Du wirst das hassen – ich habe mit einigen Deiner Kameraden Kontakt aufgenommen und ihnen jedes kleinste Detail aus der Nase gezogen, das dazu beitragen kann, Dir das Leben zu erleichtern.

Wieder hielt er inne. Erinnerungen an Karsten stürmten auf ihn ein. Der Mann war während der ersten Monate in Woronesch ein guter Freund gewesen. Er fragte sich, ob einer der Kameraden, die Lotte erwähnt hatte, Helmut war. Mit jeder Faser seines Seins hoffte er, dass sein Freund es in die Heimat geschafft hatte.

Lottes Brief beschrieb alltägliche Dinge aus ihrem Leben, ihre

Familie und ihre Reise nach Amerika, wo sie ihre Schwester Anna besucht hatte. Sie erzählte, dass sie ihren Abschluss gemacht hatte. Inzwischen war sie Anwältin und hatte begonnen, für eine renommierte Kanzlei in Berlin zu arbeiten.

Wieder bekam er Minderwertigkeitsgefühle. Die Welt hatte sich weitergedreht, auch für Lotte, während er in einer Dauerschleife des Elends festhing.

Er war ein Niemand, wurde noch nicht einmal als Mensch betrachtet, denn er hatte keine Rechte, wie andere Menschen sie besaßen. Er war zu einem Arbeitsmittel reduziert worden. Gemäß der marxistischen Theorie waren er und seine Mitgefangenen nichts weiter als eine abstrakte Masse an Arbeitskraft, die für das Wohl des Volkes ausgebeutet wurde. Denn sie waren kein Teil des Volkes.

Der latent vorhandene Hass auf die Sowjets und ihre korrumpierte Interpretation des Kommunismus schwappte mit aller Macht über ihn und zog ihm den Magen zusammen. Er spuckte auf den Boden und fluchte vor sich hin, entschlossen, diese ungerechte Strafe zu überleben, einfach nur um denen da oben zu zeigen, dass er trotz allem ein Mensch war.

Er las Lottes Brief – vier Seiten in winzig kleiner Schreibschrift, die manchmal schwer zu entziffern war. Am Ende fühlte er sich beinahe, als sei er bei ihr in Berlin, wo sie gespannt auf ihren Umzug nach Bonn wartete, der neuen Hauptstadt des westlichen Teils von Deutschland. Er lernte ihre neue Adresse auswendig und versank tief in Gedanken.

Mittlerweile war er ziemlich gut darin, in der *Prawda* zwischen den Zeilen zu lesen, und Lottes Brief bestätigte seine Interpretation der Lage. Der von den Sowjets kontrollierte östliche Teil Deutschlands, die DDR, war keinesfalls das Arbeiter- und Bauernparadies, das in der Zeitung vorgegaukelt wurde.

Es schien, dass jeder, mal abgesehen von den überzeugtesten Unterstützern des Kommunismus, nach einem Weg suchte, rüberzumachen und den Osten für eine bessere Zukunft in der kapitalistisch-kontrollierten BRD zu verlassen. Niemand außer der sowjetischen Verwaltung empfand das Wort *Kapitalismus* als eine Beleidigung.

„Schlafenszeit!", rief jemand und Johann las schnell den Brief zu Ende, bevor er unter seine kratzige Decke schlüpfte.

Es gibt ständig diplomatische Gespräche über die Rückkehr der Kriegsgefangenen, selbst verurteilter Kriegsverbrecher. Also, halt die Ohren steif!

Ich werde alles tun, was in meiner Macht steht, um Dein Leben da drüben zu erleichtern. Und vergiss niemals, dass ich Dich von ganzem Herzen und aus tiefster Seele liebe. Ich werde Dich nicht – ich wiederhole: ich werde Dich nicht – vergessen! An dem Tag, an dem Du in die Heimat zurückkehrst, werde ich da sein, und mich in deine Arme werfen.

In Liebe und Dankbarkeit,

Lotte

Er faltete den Brief zusammen und steckte ihn in seine Brusttasche, ganz nah an seinem Herzen. Zum ersten Mal seit Jahren schlief er mit einem Lächeln auf dem Gesicht ein.

KAPITEL 25

Ein weiteres Jahr verging. Johann hatte sich mit seinem Leben nördlich des Polarkreises arrangiert. Die Ernährung war besser geworden, insbesondere dank der Pakete von zu Hause, die die Gefangenen erhielten.

Am gefragtesten waren Dinge aus Westdeutschland wie Haarwaschmittel, Schokolade oder Orangen, die sehr profitabel mit den Dorfbewohnern getauscht werden konnten.

Einige Baracken hatten sich eigene Gemüsebeete angelegt und verbrachten endlose Stunden im kurzen arktischen Sommer mit Rechen, Säen, Gießen und Unkraut zupfen. Die Männer wechselten sich ab, auf dem Heimweg von der Arbeit Wasser vom Fluss herbeizuschleppen.

Heute war Johanns freier Tag und zusammen mit zwei Kameraden war er an der Reihe, die Kartoffelpflanzen zu bewachen. Das war zwar langweilig, aber leider notwendig, wenn sie die Kartoffeln auch wirklich ernten und während des langen Winters in ihrer Suppe vorfinden wollten.

Tatsächlich genoss er den Wachdienst, mal abgesehen von den unvermeidlichen Zwistigkeiten mit Möchtegern-Dieben aus anderen Baracken, die sich allein oder in Gruppen an die Bete heranschlichen und versuchten, die Erzeugnisse zu stehlen.

Er saß auf der Erde und sonnte sich, als Kurt ein beidseitig bemaltes Stück Karton brachte. „Magst du was spielen?"

„Warum nicht? Mühle oder Dame?" Die Männer hatten helle und dunkle Kiesel gesammelt, die sie als Spielsteine verwendeten. Eine Gruppe Gefangener, die Bäume fällte, hatte Holzreste organisiert und Schachfiguren daraus geschnitzt. Leider war erst die Hälfte davon fertig. Johann hoffte, dass sie einen vollständigen Satz beisammenhatten, ehe der Winter hereinbrach.

„Lass uns mit Dame anfangen. Ich bin weiß", sagte Kurt.

„Von mir aus", antwortete Johann. Nach seinem ersten Zug schob sich eine Wolke vor die Sonne und eine frostige Brise ließ ihn erzittern. „Der Winter ist im Anmarsch."

„Wir haben noch ein paar Wochen, bis es anfängt zu schneien."

„Ja, aber meinst du, wir sollten die Kartoffeln schon ernten?" Die Knollen waren auf einen halben Meter Höhe angewachsen und trugen reichlich dunkelgrüne Blätter. Es juckte ihn in den Fingern, im Boden zu wühlen und nachzusehen.

„Auf gar keinen Fall. Die Dorfbewohner haben uns geraten zu warten, bis die Blätter braun werden."

„Aber was ist, wenn die Pflanzen erfrieren?" Johann drehte sich der Magen um bei dem Gedanken, die ganze harte Arbeit könnte umsonst gewesen sein.

„Das macht nichts. Die Kartoffeln werden von der Erde geschützt und sobald wir den ersten leichten Frost haben, können wir sie ausgraben."

Johann seufzte. Je näher die Erntezeit rückte, desto dreister wurden die Versuche der anderen Gefangenen, die Kartoffeln zu stehlen. Da sie nachts in ihren Baracken eingeschlossen wurden, hatten sie eine Alarmanlage mit Stolperdrähten und Blechdosen installiert. Zwar konnten sie im Ernstfall nichts tun, aber sie hofften, dass der Lärm die Wachen alarmieren und die Übeltäter vertreiben würde.

Zweimal hatte der Alarm bereits angeschlagen. Bisher waren die Eindringlinge immer mit leeren Händen entkommen, aber es war nur eine Frage der Zeit, bis jemand Erfolg hatte.

„Wir sollten vielleicht einen Wachmann bestechen, damit er uns das Beet bewachen lässt", sagte Johann.

„Das wird teuer", antwortete Kurt.

„Ich weiß … aber willst du die Ernte verlieren?"

„Natürlich nicht. Wir sollten die anderen fragen. Vielleicht hat jemand eine bessere Idee."

Mitten im tiefsten Winter brach in Workuta plötzlich nervöse Geschäftigkeit aus. Aus unerklärlichen Gründen waren Johann und Kurt unter mehreren Hundert Gefangenen, die in ein anderes Lager verlegt wurden.

Sie marschierten in solcher Hast los, dass er keine Gelegenheit hatte, sich von Alfred und Igor zu verabschieden. Er hinterließ eine Nachricht auf Igors Bett, in der er ihm alles Gute wünschte, aber schaffte es nicht zum anderen Ende des Lagers, um Alfred aufzusuchen.

Der Boxer war eine Berühmtheit geworden und schien sein Leben als Kampfmaschine zu genießen. Johann hegte keinen Groll gegen ihn, auch wenn er Alfreds Entscheidung nie gutheißen würde.

In den vielen Stunden, in denen er mit Igor über Philosophie, Religion und den Kern des Menschseins diskutiert hatte, war er zu dem Schluss gekommen, dass Entscheidungsfreiheit einen Menschen ausmachte. Es bedeutete echte Freiheit. Und Freiheit war nicht nur ein Menschenrecht, sondern etwas, wonach sich jeder sehnte. Während seines gesamten Lebens hatte er nicht ein einziges Mal einen Mann oder eine Frau getroffen, die nicht in Freiheit leben wollten.

Selbst die überzeugtesten Nazis, die sich für die Unterdrückung ganzer Nationen eingesetzt hatten, beanspruchten ganz selbstverständlich Freiheit für sich selbst. Die *Plenni* hungerten nach der kleinsten Unabhängigkeit, die ihnen gestattet wurde, wie zum Beispiel die Freizeit nach dem Abendessen. Eine Stunde am Tag konnten sie tun, was sie wollten – innerhalb des Lagers – anstatt Befehle befolgen zu müssen.

Entscheidungsfreiheit. Sein eigener Herr sein. Eine Wahl treffen. Das war es, was er und seine Kameraden am meisten vermissten. Es war furchtbar, dass andere Leute entschieden, was er essen oder trinken durfte, welche Arbeit er verrichtete oder wann er zu schlafen oder zu sprechen hatte.

Die verdammten Sowjets versuchten sogar, seine Gedanken zu regulieren. Das Einzige, was sie noch nicht kontrollierten, waren seine Körperfunktionen, aber er zweifelte nicht daran, dass sie auch das tun würden, sobald sie die technischen Mittel dazu hatten.

„Hör auf zu träumen." Kurt stieß ihn an und Johann bemerkte, dass sich die Kolonne auf das Tor zubewegte.

Ein heftiger Schauer lief ihm über den Rücken. Er hatte Workuta von ganzem Herzen gehasst, aber jetzt, da er das letzte Mal die Tore durchschritt, verspürte er Nostalgie.

Wer wusste schon, was vor ihm lag? Es könnte schlimmer werden – auch wenn seine Fantasie nicht ausreichte, um sich größere Schrecken vorzustellen als die, die er hinter sich ließ. Er zuckte mit den Schultern und beschloss, jede Minute so zu nehmen, wie sie kam. Er hatte sowieso keine Wahl, da andere Leute für ihn die Entscheidungen trafen.

Die Männer stiegen in Viehwaggons und ratterten die nächsten zehn Tage südwärts durch die russische Landschaft. Mit jedem verstreichenden Tag ließ die grimmige Kälte nach und als die Reise endlich beendet war, lagen die Temperaturen über dem Gefrierpunkt.

„Wo sind wir?", fragte Johann, der sich die Augen rieb und gegen das grelle Sonnenlicht abschirmte.

„Keine Ahnung."

„Wenigstens ist es warm." Unter normalen Umständen hätte Johann Temperaturen um den Gefrierpunkt nicht für warm gehalten, aber verglichen mit den Minusgraden in Workuta fühlte es sich wie Sommer an.

Sie fanden bald heraus, dass sie die Sowjetunion von Norden nach Süden durchquert hatten und in Kasachstan gelandet waren. Das Lager war wie jedes andere, das er bisher gesehen hatte: hässlich, trostlos, öde und dreckig. Doch zu seiner Freude sahen die Männer, die dort lebten, wesentlich gesünder aus als die in Workuta.

Johann nahm eins der unteren Etagenbetten direkt neben Kurt in Anspruch. „Was glaubst du, welche Arbeit wir diesmal machen müssen?"

„Keine Ahnung."

„Eisenbahnschienen", sagte einer der Altgefangenen.

„Was?"

„An diesem gottverlassenen Ort gibt es nur eine Art von Arbeit, und das ist die Herstellung von stählernen Eisenbahnschienen. Ich bin übrigens Martin." Martin reichte ihnen die Hand.

Johann und die anderen Neuankömmlinge stellten sich vor und Martin betrachtete sie eingehend. „Ihr seht ziemlich übel aus, selbst für *Plenni*. Wo seid ihr denn gewesen?"

„In der Heimat des Teufels", antwortete Johann.

„Was?"

„Ein Ort namens Workuta nördlich des Polarkreises. Ein Gulag, wo alle Schwerverbrecher und die deutschen *Plenni* mit fünfundzwanzig Jahren Strafmaß hingeschickt werden."

„Oh." Martin schien unsicher, ob er dieser Erklärung Glauben schenken sollte oder nicht. „Jedenfalls ist das hier das netteste Lager, in dem ich bisher war. Die Kasachen sind ein ganz entspanntes Völkchen und sie hassen die Moskauer Bürokraten fast so sehr wie wir."

„Das klingt vielversprechend", sagte Kurt.

„Ihr werdet es morgen früh herausfinden."

Am nächsten Tag liefen Johann und die anderen Gefangenen drei Straßenblocks weit zur Bahnschienenfabrik. Er erwartete nicht viel und war überrascht, als man ihm Handschuhe und einen Helm gab, ehe man ihm einen Arbeitsplatz zuwies.

Anscheinend hatten die Kasachen vor, die Kriegsgefangenen wie Menschen zu behandeln. Die Arbeit war trotzdem anstrengend und knochenhart. Acht Stunden am Tag bemannte er die Aushärtungsstation. Hocherhitztes, flüssiges Metall wurde in irdene Formen gegossen, wo es ausreichend abkühlte, um weiterverarbeitet zu werden. Seine Aufgabe war es, zusammen mit einem Kameraden die schweren Schienen herauszuwuchten und sie zu anderen Arbeitsstationen zu tragen, wo sie gestempelt und auf flache Güterwaggons geladen wurden, mit denen sie in andere Gegenden der Sowjetunion transportiert wurden.

Die Fabrik erinnerte ihn an die Naziparole *Räder müssen rollen für den Sieg*. Heutzutage mussten die Räder für das Wohl der sowjetischen Nation rollen, auf Schienen, die von deutschen Zwangsarbeitern hergestellt wurden.

Martin hatte nicht zu viel versprochen. Das Leben im Lager in der Nähe von Almaty war ein Zuckerschlecken im Vergleich zu Workuta und sogar zu Woronesch. Solange die Gefangenen pünktlich zur Arbeit erschienen und ihre Quote erfüllten, wurden sie den Rest des Tages mehr oder weniger sich selbst überlassen.

Johann traute seinen Augen kaum, als er entdeckte, dass die Baracken nachts nicht verriegelt wurden und es jedem erlaubt war, sich jederzeit frei auf dem Gelände zu bewegen. Sie bekamen einen winzigen Lohn für ihre Arbeit, den sie im Dorf für zusätzliches Essen und andere Annehmlichkeiten ausgeben konnten.

Einige der Altgefangenen besaßen das Privileg, unbegleitet ins Dorf gehen zu dürfen, was Johann in Staunen versetzte. Es fühlte sich beinahe an, als sei er wieder frei. Ein Mann der Entscheidungen treffen durfte.

„Warum sperren sie uns nicht ein? Haben die keine Angst, dass wir abhauen?", fragte er eines Tages.

Martin schnaubte. „Abhauen? Hast du dich mal umgesehen? Wir sind an einem völlig isolierten Ort, rings umgeben von tödlichen Sümpfen."

„Hat es noch nie jemand versucht?", fragte Johann. Die Chance auf eine erfolgreiche Flucht war in Workuta deutlich geringer gewesen, aber das hatte die Sowjets nicht davon abgehalten, Stacheldrahtzäune zu errichten und bewaffnete Wachposten aufzustellen.

„Ein paar. Sie sind alle qualvoll verendet, wenn sie nicht vorher gefunden und zu Brei geschlagen wurden."

Nachdem er das arktische Niemandsland verlassen hatte, war Johann dankbar für jede noch so kleine Verbesserung in seinem Leben. In den letzten sechs Jahren war Nahrung seine Hauptsorge gewesen, doch hier konnte er sich endlich sattessen. Es war nicht genug, um Fett anzusetzen, aber wenigstens erholte sich sein Körper von den Jahren rücksichtsloser Ausbeutung. Nach einem Jahr in Kasachstan hatte er zehn Kilogramm Muskelmasse zugenommen.

Der einzige Wehmutstropfen war, dass er keine Briefe oder Pakete mehr von Lotte erhielt. Er hatte ihr eine Postkarte senden dürfen, doch bisher keine Antwort erhalten. Trotzdem versuchte er, sein Leben so gut wie möglich zu gestalten.

Die Fabrik beschäftigte nicht nur Gefangene, sondern auch viele Dorfbewohner. Nach Monaten, die sie Seite an Seite gearbeitet hatten, konnten die Dörfler, insbesondere die Frauen, ihre Neugierde nicht mehr zurückhalten und fingen an, Fragen zu stellen. *Wo kommst du her? Wie sieht es da aus? Wie ist das Leben dort? Hast du eine Frau? Und Kinder?*

Manche gingen sogar so weit, mit den *Plenni* zu schäkern, und schon bald entspannen sich heimliche Liebschaften zwischen den kasachischen Frauen und den deutschen Männern. Sogar einige Kinder gingen aus diesen Beziehungen hervor.

Obwohl Johann die Schönheit der Frauen durchaus schätzte, gehörte sein Herz Lotte. Voll Sehnsucht erinnerte er sich an ihren

Brief, in dem sie ihm mit deutlichen Worten die Meinung gesagt hatte. Es war eine vernünftige Entscheidung gewesen, sie freizugeben, aber da sie sich weigerte, ihn zu vergessen, würde er sich mit aller Kraft an den Hoffnungsschimmer klammern, den ihre unerschütterliche Liebe ihm bot.

Eines Tages stürmte Kurt in die Baracke, ein nervöser Ausdruck auf seinem geschrubbten und glattrasierten Gesicht. „Wie sehe ich aus?"

„Wie eine Vogelscheuche", erwiderte Johann, das Gefühlschaos seines Freundes ignorierend.

Kurt schaute enttäuscht. „Wirklich? Ich dachte …"

„Du siehst völlig in Ordnung aus", sagte Martin und warf Johann einen wütenden Blick zu.

Johann begriff nicht, was das alles sollte. Seit wann machte sich Kurt Gedanken um sein Aussehen? Normalerweise waren sie glücklich, am Leben zu sein, keinen Hunger zu verspüren und Kleidung statt Lumpen zu tragen.

„Ich war seit …" Kurt kratzte sich sein rasiertes Kinn und zählte an den Fingern ab, „… sieben Jahren nicht mehr mit einer Frau zusammen."

„Wie um alles in der Welt?" Johann fielen fast die Augen aus dem Kopf. Nicht wegen der erwähnten langen Zeitspanne, sondern weil ihm plötzlich aufging, dass sein Kamerad vorhatte, die Durststrecke heute Abend zu beenden.

Kurt grinste wie ein Verrückter. „Katinka und ich gehen heute Abend aus und ich bin mir ziemlich sicher, dass sie sich von mir flachlegen lässt."

„Hauptsache, du bist vor der Sperrstunde zurück, sonst bringst du uns alle in Schwierigkeiten", warnte Martin ihn.

„Keine Sorge. Selbst wenn er nach so langer Zeit noch weiß, wie es geht, kommt er innerhalb von Sekunden", feixte ein anderer.

Kurt warf ihm einen düsteren Blick zu und der Mann hob beide Hände. „Was? Ich weiß, wovon ich rede."

KAPITEL 26

März 1953

Die Nachricht von Stalins Tod verursachte ein erleichtertes Aufseufzen unter den Gefangenen. In den folgenden Wochen erhielten zahllose Zwangsarbeiter Begnadigungen und wurden nach Hause geschickt.

„Glaubst du, die begnadigen uns auch?", fragte Johann.

„Wer weiß? Das versprechen die schon seit Jahren, haben aber nie Wort gehalten", antwortete Martin.

„Aber heute bei der Arbeit haben die Kasachen jedes Mal *Skoro domoi* geflüstert, wenn sie mich gesehen haben", sagte Kurt.

„Und du glaubst, das ist ein Beweis dafür, dass die roten Hundesöhne es diesmal ernst meinen? Weil kasachische Arbeiter *es geht bald nach Hause* flüstern? Ich habe aufgehört zu zählen, wie oft diese Schweine ihr Versprechen schon gebrochen haben. Ich glaube nichts davon, ehe ich nicht im Zug in die Heimat sitze", sagte Martin.

Theoretisch stimmte Johann mit ihm überein. Es war besser, gar nicht erst zu hoffen, denn dann wurde man auch nicht enttäuscht. Andererseits spürte er, wie sich die Stimmung im Ort wandelte, und er begann zu glauben, diesmal könnte etwas an den Gerüchten dran sein.

Sehnsucht nach Lotte machte sein Herz schwer und er setzte sich hin, um ihr einen Brief zu schreiben – natürlich sorgfältig formuliert, damit kein Wort als Kritik am sowjetischen System ausgelegt werden konnte.

Es war fast schon zum Lachen: Seit Päckchen aus der Heimat erlaubt waren und die Gefangenen sogar weitestgehend ohne Verluste erreichten, ging es den *Plenni* besser als vielen der Einheimischen.

Die zivilen Arbeiter der Schienenfabrik hatten das Lager *kapitaliza* getauft, weil die Gefangenen so viel Essen und andere gute Dinge von zu Hause bekamen. Die *Plenni* hatten es mittlerweile nicht mehr nötig, Überstunden zu machen, um sich dafür eine Extra-Scheibe dunkles russisches Brot oder einen Teller Suppe zu kaufen.

Im Gegenteil, die einheimischen Frauen fanden die Deutschen plötzlich attraktiv. Männer die besser gekleidet und besser genährt waren und anscheinend die Frauen besser behandelten als ihre kasachischen Gegenstücke.

Der Lagerarzt, selbst ein Gefangener, hatte kaum etwas zu tun, seit die Pakete regelmäßig eintrafen. In den letzten zwei Jahren waren weniger als ein Dutzend Männer gestorben, alle aufgrund von Arbeitsunfällen, wohingegen es in den ersten Jahren nach dem Krieg mehrere Dutzend pro Tag gewesen waren.

Das Leben hätte so schön sein können, wäre da nicht das ständige Heimweh gewesen und die Tatsache, dass sie keine freien Männer waren. Johanns Schicksal konnte sich jeden Moment wenden, wenn irgendein Bürokrat sich in den Kopf setzte, ihn zurück nach Workuta oder in ein anderes Lager in der Ödnis Sibiriens zu schicken. Die Heimat des Teufels war nie mehr als einen Schritt entfernt.

Etwa eine Woche später beehrten wichtige Besucher das Lager mit ihrer Anwesenheit. Lawrenti Beria, der neue Innenminister und

Leiter des sowjetischen Geheimdienstes, schickte seine Kommissare, um die verbleibenden deutschen Kriegsgefangenen zu verhören.

Johann hatte ein flaues Gefühl im Magen, als er in den Verhörraum gerufen wurde. Beim letzten Mal hatten sie aus seinen Worten halbverschleierte Lügen fabriziert, mit denen sie ihn zu fünfundzwanzig Jahren harter Arbeit verurteilt hatten. Diesen politischen Kommissaren war nicht zu trauen.

Tief im Herzen hoffte er, dass die Gerüchte stimmten und der hohe Besuch nach Kasachstan gekommen war, um die Freilassung aller *Plenni* vorzubereiten. Aber man konnte nie sicher sein. Also erlaubte er sich keine Hoffnungen und war entschlossen, jedes einzelne Wort auf die Goldwaage zu legen, das er während des Verhörs von sich gab.

„Guten Morgen, können Sie bitte Ihren Namen und Rang nennen?", sagte der Kommissar in passablem Deutsch. Johann sprach inzwischen fließend Russisch, aber zog es vor, diese Tatsache nicht preiszugeben.

„Johann Hauser, Leutnant."

Nach einigem scheinbar belanglosen Gerede stellte der Kommissar die erste bedeutungsschwangere Frage: „Was werden Sie über die Sowjetunion berichten, sobald Sie nach Westdeutschland zurückkehren?"

Johann hatte mit einer solchen Frage gerechnet und formulierte seine Antwort mit Bedacht. „Ich werde meine Zeit im Gefängnis ablegen wie schmutzige Kleidung und nie mehr zurückschauen, geschweige denn darüber reden."

Der Kommissar bohrte weiter. „Werden Sie sagen, dass Ihre Verurteilung ungerecht war?"

Johann kratzte sich am Kinn. Er hätte am liebsten laut geschrien *„Natürlich war es ungerecht. Euer ganzer fadenscheiniger Prozess war eine einzige Farce und ich habe jedes Recht, der Welt von eurem unmenschlichen System zu erzählen".* Aber er wusste, dass diese Worte ihn schneller zurück nach Workuta senden würden, als er blinzeln konnte.

Deshalb sagte er: „Ich glaube, dass sich das Komitee in meiner Gerichtsverhandlung an die Regeln und Gesetze der Sowjetunion gehalten und mir einen ordentlichen Prozess gemacht hat."

„Dann stimmen Sie Ihrer Verurteilung zu?" Der Kommissar wirkte überrascht.

Vorsicht. Das ist noch eine Fangfrage. „Sie wissen sicherlich, dass mir die Möglichkeit eingeräumt wurde, gegen meine Verurteilung Berufung einzulegen. Doch das höhere Gericht in Moskau hat meine Berufung abgelehnt und dem habe ich mich gefügt."

Der Kommissar machte sich eine Notiz und fragte dann: „Werden Sie zu den Amerikanern gehen und uns kritisieren?"

Johann schüttelte den Kopf. Wenigstens diese Frage konnte er wahrheitsgemäß beantworten. „Ich kenne keine Amerikaner und ich habe sicher nicht vor, mit irgendeinem von denen über meine Zeit als Kriegsgefangener zu sprechen."

Einige weitere Fragen über die allgemeinen Bedingungen im Lager sowie über Johanns Meinung zum Kommunismus und Faschismus folgten. Gerade als er anfing, sich zu entspannen, fragte der Kommissar: „Werden Sie wieder in die Sowjetunion einmarschieren, wenn man Ihnen eine Waffe gibt?"

Im ersten Moment dachte er, der Kommissar scherzte. Aber nein, seine Miene war todernst. „Definitiv nicht. Ich habe für den Rest meines Lebens genug vom Krieg und möchte das garantiert nicht noch einmal erleben."

„Nun, das ist für den Moment alles. Danke."

Johann stand auf und stolperte aus dem Verhörraum. Er konnte nicht einschätzen, ob seine Antworten den Kommissar zufriedengestellt hatten.

„Wie ist es gelaufen?", fragte Kurt, als er in die Baracke zurückkam.

„Ganz ehrlich? Ich weiß es nicht."

„Wie meinst du das?"

„Sie stellen all diese bedeutungsschweren Fragen. Ich glaube, ich habe die Tretminen alle umschifft, aber wer weiß das schon?"

„Oh je!", sagte Kurt plötzlich wehmütig. „Ich möchte wirklich gern nach Hause, aber ich werde Katinka vermissen."

Er hätte sich keine Sorgen machen müssen, denn im Juni 1953 zettelte die Bevölkerung in der DDR einen Aufstand gegen die von den Sowjets eingesetzte Regierung an. Sowjetische Panzer schlugen den Protest zwei Wochen später mit Gewalt nieder. Die Folgen für die *Plenni* in den Lagern östlich des Urals waren katastrophal: Alle Vorbereitungen für die Freilassungen wurden gestoppt.

„So sehr ich ihren Mut bewundere, sich gegen die sowjetischen Besatzer aufzulehnen, einen schlechteren Zeitpunkt hätten sie nicht wählen können", beschwerte sich Martin.

„Du kannst davon ausgehen, dass die Russen nach all dem nicht einen einzigen Mann freilassen werden", fügte Johann hinzu. Die neue Direktive lautete, weitere Aufstände in den vielen besetzten *Bruder*nationen des neuen sowjetischen Reiches unter allen Umständen zu verhindern. Die faschistische Regierung musste als die beste Errungenschaft der Menschheit seit der Erfindung des Rades angebetet werden – von Gläubigen und Kritikern gleichermaßen. Da die *Plenni* verständlicherweise eher zu den Kritikern des Systems als zu den begeisterten Anhängern gehörten, mussten sie hinter Schloss und Riegel bleiben.

„Und noch eine Hoffnung geht den Bach runter", sagte Martin.

Ich hab ja gesagt, du sollst dir keine Hoffnungen machen. Johann war zu deprimiert, den Gedanken auszusprechen. Es sollte ihn eigentlich nicht wundern, dass die Sowjets sie wieder einmal betrogen hatten.

In den nächsten Tagen trudelten weitere Nachrichten ein. Lawrenti Beria, der Mann hinter den Entlassungsplänen, war verhaftet worden. Die Stimmung erreichte einen neuen Tiefpunkt und den *Plenni* war alles egal. Inklusive der Arbeit.

Die Herzen schwer von zerschlagenen Hoffnungen, arbeiteten sie nur das Allernötigste, um das Plansoll zu erreichen. Es war keine koordinierte Aktion oder gar ein Streik; es war einfach die Gewissheit, dass sich niemals etwas an ihrer Lage ändern würde. Sie waren dazu verdammt, den Rest ihres Lebens Zwangsarbeit zu leisten, und würden weder ihre Heimat noch ihre Familien je wiedersehen.

Johann fragte sich oft, ob dieser Zustand besser war als die Hölle in Workuta. Er hatte jeglichen Antrieb verloren und war davon überzeugt, dass selbst wenn er die fünfundzwanzig Jahre seiner Strafe überlebte, die Russen irgendeinen anderen fadenscheinigen Grund fänden, um ihn nicht gehen zu lassen.

Er verfiel er in eine Depression, die noch schlimmer war als damals nach seiner Verurteilung. Wie viel war das Leben noch wert, wenn man jemanden seiner Freiheit beraubte sowie der Hoffnung, sie jemals wiederzuerlangen?

Vier Wochen später wendete sich das Blatt wieder und der Lagerkommandant verkündete, dass die Freilassungsvorbereitungen wieder aufgenommen worden waren.

„Ich glaube dem Kerl kein einziges Wort", sagte Johann und die meisten Gefangenen stimmten ihm zu. Leider behielt er recht. Zehntausend deutsche Kriegsgefangene wurden 1953 nach Hause geschickt, aber keiner aus seinem Lager war keiner darunter.

Die *Prawda* hingegen feierte die sowjetische Regierung, ob dieser herausragenden Großzügigkeit. Johann erlitt einen Wutanfall und hämmerte seine Fäuste gegen die Betonwand, bis er vor Schmerz fast besinnungslos war.

„Was ist denn mit dir passiert?", fragte der Lagerarzt, als er die Wunden verband.

„Nichts", zischte Johann zwischen zusammengepressten Lippen hervor.

„Für mich sieht das nicht nach nichts aus."

Johann schimpfte selten über das sowjetische System, denn man war nie vor neugierigen Ohren sicher. Doch der Arzt hatte seine Loyalität viele Male bewiesen und es war niemand sonst im Raum.

„Hundesöhne! Nichts als Lügen! Lügen, gebrochene Versprechen und gnadenlose Menschenverachtung!"

„Jetzt verstehe ich", sagte der Arzt. „Ich fürchte, die Knöchel sind gebrochen, aber wir brauchen einen plausiblen Grund, wenn ich dich arbeitsunfähig schreiben soll."

„Pah. Weißt du, was die geschrieben haben?"

„Du solltest die *Prawda* wirklich nicht lesen, das ist nicht gut für deine mentale Gesundheit."

„Eine Delegation des ostdeutschen Volkes hat mit Moskau verhandelt und da zwischen den beiden Brudernationen so viel guter Wille herrscht ..." Johann spie es förmlich aus. „Reden wir von den gleichen guten Menschen, die sich gegen die sowjetischen Unterdrücker aufgelehnt haben und mit roher Gewalt niedergemetzelt wurden?"

„Pst ... du willst doch nicht nach Sibirien geschickt werden."

„Ich war in Workuta. Sibirien macht mir keine Angst", sagte Johann großspurig, aber in Wirklichkeit hatte er schreckliche Angst. Trotz allem war das Leben in Kasachstan um Längen erträglicher als in Workuta.

Der Arzt ging nicht auf seine Bemerkung ein und sagte: „Ich schreibe in den Bericht, dass du mit der Hand unter eine der Schienen geraten bist."

KAPITEL 27

Zwei Jahre später

Johann saß in der Baracke und hörte sich ein Musikprogramm im Radio an. Vor ungefähr einem Jahr hatten zwei Ingenieure in der Baracke ein Radio aus Einzelteilen zusammengebastelt, die sie aus der Fabrik entwendet oder mit den Einheimischen getauscht hatten.

Das Programm wurde stündlich von Nachrichten unterbrochen, die normalerweise niemand beachtete. Doch etwas erregte Johanns Aufmerksamkeit und er rief: „Ruhe!" Was er gehört hatte, ließ sein Herz wie einen Presslufthammer jagen.

„Was ist denn in dich gefahren?", fragte jemand.

„Jungs, ihr werdet es nicht glauben, aber der deutsche Kanzler Konrad Adenauer höchstpersönlich ist zu Besuch in Moskau."

„Was will er denn da? Sich bei den Russen einschmeicheln?"

„Der Radiosprecher sagt, um diplomatische Beziehungen zu etablieren", erwiderte Johann.

„Diplomatische Beziehungen? Wie wärs, wenn die uns erst mal gehen lassen?"

„Laut den Nachrichten, hat Adenauer genau das angeboten.

Diplomatische Beziehungen im Austausch gegen die Freilassung aller Kriegsgefangenen und entführten Zivilisten, die noch in der Sowjetunion sind."

Ein Raunen ging durch die Baracke. Martin jedoch hatte seine Lektion nicht vergessen und warnte die Kameraden: „Macht euch keine verfrühten Hoffnungen. Denkt daran, was vor zwei Jahren passiert ist." Aber niemand wollte auf ihn hören.

„Was haben die noch gesagt?", fragte Kurt.

„Nichts." Die nächsten fünf Tage von Adenauers Besuch in Moskau klebten die *Plenni* am Radio und wechselten sich ab, um auch ja keine Sendung zu verpassen. Sie übersetzten alles für diejenigen, die kein Russisch sprachen. Außerdem durchforsteten sie die *Prawda* nach versteckten Hinweisen und verwickelten sogar den politischen Beauftragten der Fabrik in Gespräche über Adenauers Besuch und die mögliche Bedeutung für sie.

Johann und die anderen verbrachten diese Tage in einer emotionalen Achterbahn. Hoffnung wechselte sich mit Enttäuschung ab, Erleichterung mit Anspannung. Die Verhandlungen schienen festzustecken und nichts bewegte sich. Diplomatische Beziehungen mit der Sowjetunion zu etablieren bedeutete, das Recht auf alleinige Repräsentation Deutschlands aufzugeben und damit die Teilung in zwei Staaten zu zementieren. Das war eine bittere Pille.

Die Abschlussveranstaltung des Staatsbesuches war eine Ballettaufführung im renommierten Bolschoi-Theater. Passenderweise hatten die Sowjets Prokofieffs Version von Shakespeares Tragödie *Romeo und Julia* ausgewählt. Die letzte Szene zeigte einen Handschlag der verfeindeten Grafen Montague und Capulet über den Gräbern ihrer Kinder. Nachdem der Applaus für die Balletttänzer geendet hatte, wiederholten Nikolai Bulganin und Konrad Adenauer öffentlich den Handschlag vor der gesamten Welt.

Am nächsten Tag war es offiziell. Der Lagerkommandant verkündete, dass die Gefangenen ab sofort freie Männer waren und tun und lassen konnten, was sie wollten. Die Vorbereitungen für die Rückführung aller 9626 registrierten Kriegsgefangenen, die sich noch in der Sowjetunion befanden, würden umgehend beginnen.

„Heimkehr!" Der Ruf erscholl über dem Lager und war vermutlich in ganz Kasachstan zu hören. „Wir gehen nach Hause! Nach Hause!"

~

Eine Woche später stiegen Johann und seine Kameraden in einen Zug in die Heimat.

„Kannst du es glauben?", fragte Kurt und lehnte sich auf der Holzbank zurück.

„Noch nicht. Ich fürchte immer noch, dass sie den Zug anhalten und sagen, dass es alles ein Missverständnis war." Er war schon zu oft um Haaresbreite entlassen worden, um nicht misstrauisch zu sein. Jede Faser seines Körpers war angespannt in Erwartung der nächsten Katastrophe.

„Hab Vertrauen", sagte Martin. „Diesmal klappt es wirklich."

„Vielleicht." Johann fröstelte, als er die brutalen Erlebnisse früherer Zugfahrten durchlebte. Er verspürte den plötzlichen Drang, sich zu übergeben, als der Gestank von Exkrementen übermächtig wurde. Ein wahnwitziger Durst überkam ihn und er hätte beinahe vor Schmerzen geschrien. Tiefsitzende Erinnerungen an den nagenden Hunger. Männer, die um ihn herum starben und deren verrottende Leichen einen widerwärtigen Geruch verströmten.

Er schüttelte den Kopf, um die Erinnerungen zu verscheuchen. Diesmal war die Reise komfortabler. Die *Plenni* hatten neue Kleidung erhalten und reisten in Passagierzügen statt der überfüllten Viehwaggons. Sie durften sich frei bewegen und einmal am Tag hielt der Zug an, um Nahrung und Wasser für die Passagiere aufzunehmen.

Er sollte dankbar sein, und das war er auch. Trotzdem trauerte er auf der Fahrt nach Westen um die Männer, die zurückgelassen wurden – diejenigen, die er gekannt hatte und die vielen namenlosen Soldaten, die von Zügen geworfen oder hastig in der lehmigen russischen Erde verscharrt worden waren, zu Tode geschuftet, verhungert, von Krankheit und Kälte dahingerafft.

Die Spätheimkehrer wussten, dass sie das letzte jämmerliche Häuflein waren, zehntausend, die die nicht enden wollende Qual überlebt hatten. Unglaublich viele waren in Gefangenschaft gestorben. Eineinhalb Millionen. Er trauerte um jeden Einzelnen von ihnen und hoffte, dass sie im Tod Frieden gefunden hatten.

Der Zug hielt in Brest-Litowsk, der Grenzstadt zwischen der Sowjetunion und Polen. Aufgrund der anderen Schienenbreite mussten die ehemaligen *Plenni* umsteigen.

Als Johann auf den Bahnsteig trat, wurde er wieder in der Zeit zurückkatapultiert. Fast genau zehn Jahre zuvor hatte er am gleichen Ort gestanden, damals auf dem Weg nach Osten. Es schien in einem anderen Leben gewesen zu sein.

Panik ergriff ihn. Wie mochte es in Deutschland aussehen? Er war zuletzt während des Krieges in seiner Heimatstadt München gewesen, damals war sie völlig zerbombt. Wie lebten die Menschen dort jetzt? Was taten sie in ihrer Freizeit?

Und … würde Lotte ihn noch immer lieben, wenn sie ihn wiedersah? Sie hatte ihm über die Jahre Bilder von sich geschickt, aber er hatte das nicht tun können. Was war, wenn sie nur den feschen jungen Mann liebte, der er vor zehn Jahren gewesen war und nicht den gebrochenen vierzigjährigen ehemaligen Kriegsgefangenen?

In seiner aufsteigenden Panik spielte er mit dem Gedanken, wegzulaufen und in dem Land zu bleiben, das zu seinem Schicksal geworden war. Aber Kurts Stimme holte ihn zurück in die Wirklichkeit: „He, Mann, was meinst du, was ich sagen soll?"

„Wozu was sagen?" Johann schüttelte die verstörenden Gedanken ab und konzentrierte sich auf seinen Freund.

„Wir dürfen wählen, ob wir nach Ost- oder Westdeutschland wollen."

Für Johann war die Wahl klar. Lotte lebte in Bonn, also würde er nach Westen gehen. „Lebt deine Familie nicht in der DDR?"

„Ja, meine Eltern ..." Kurt schaute gequält. „Aber ich will wirklich nicht unter der roten Fuchtel leben."

„Dann tu es nicht." Er konnte die Gefühle gut verstehen. In Ostdeutschland war man nicht wirklich frei von dem sowjetischen Despotismus. In den Lagern hatte er oft Männer aus den sogenannten kommunistischen Brudernationen getroffen, die in ebenso fadenscheinigen Prozessen verurteilt worden waren wie er selbst.

„Aber wie?"

„Sag ihnen einfach, deine Verwandtschaft lebt im Westen, sagen wir in ... Bonn", schlug Johann vor. „Ich glaube nicht, dass die herausfinden können, ob das stimmt oder nicht."

Kurt schien unsicher, nickte aber.

„Sieh es doch mal so: Die Russen haben uns zehn Jahre lang angelogen, jetzt drehst du den Spieß um und lügst einmal, um dir ein besseres Leben zu sichern."

Die Lokomotive pfiff und sie beeilten sich, in den Zug zu steigen. Niemand wollte so kurz vor der Heimat zurückgelassen werden. Während der Fahrt durch Polen betraten Polizisten in den blaugrünen Uniformen der ostdeutschen Volkspolizei die Abteile und fragten die ehemaligen *Plenni*, ob sie in der DDR aussteigen oder weiter nach Westdeutschland fahren wollten.

Nur sehr wenige wollten im Osten bleiben, was den Polizisten offensichtlich nicht gefiel.

Einer verteilte Schwarz-Weiß-Fotografien von ausgemergelten Frauen in Lumpen, die dreckige Kinder an den Händen hielten. „So sieht es im Westen aus."

Johann bezweifelte nicht, dass die Bilder echt waren, hatte aber den Verdacht, dass sie noch aus der Kriegszeit stammten. Aus Lottes Briefen wusste er, dass sich die Dinge in den letzten fünf Jahren extrem verändert hatten. Wenn er die Wahl hatte, ob er ihr oder den Vopos glauben sollte, fiel ihm die Entscheidung leicht.

„Und so …" Der Vopo verteilte Zeitungsartikel von sauberen, gut genährten und ordentlich gekleideten Kindern am ersten Schultag mit großen Schultüten in ihren Armen. Ein weiteres Bild zeigte Athleten, die in verschiedenen Disziplinen zu den DDR-Meisterschaften antraten. Alle Bilder erzeugten den Eindruck von glücklichen Menschen in einem glücklichen Land. „… sieht es in der Deutschen Demokratischen Republik aus."

„Warum wollt ihr in den imperialistischen Westen, wenn ihr die Chance habt, glücklich im demokratischen Osten zu leben?", fragte ein anderer Vopo.

Johann beschloss, das Spiel mitzuspielen. „Es klingt verlockend. Aber erst muss ich nach Bonn und mein Mädel suchen. Ich erzähle ich ihr alles, was ihr mir gesagt habt. Bestimmt will sie dann mit mir in die DDR ziehen."

Der Vopo starrte ihn an und schüttelte kaum merklich den Kopf. „Nicht nötig, es gibt nur eine Chance für euch, unser großzügiges Angebot anzunehmen, und zwar jetzt."

Die Antwort bestätigte Johanns Verdacht und er lehnte höflich ab. Er hatte diese Bestätigung eigentlich nicht gebraucht, um sich zu entscheiden, denn er hatte gesehen, was in den Päckchen gewesen war, die aus dem Osten kamen und den Inhalt mit denen verglichen, die aus dem Westen verschickt wurden.

Es war ziemlich klar, wohin er wollte. Selbst wenn weder die wirtschaftlichen Vorteile noch Lotte gewesen wären, hätte er keine Sekunde länger unter sowjetischer Herrschaft leben wollen. Jede weitere Minute, war eine Minute zu viel.

Das Rattern der Räder wiegte ihn in den Schlaf, während der Zug Polen durchquerte und schließlich an der ostdeutschen Grenze in Frankfurt an der Oder hielt. Er schreckte hoch, als alle aus dem Zug gescheucht wurden.

Furcht jagte ihm durch die Adern, als er die Polizisten aus dem Zug mit ihren Kollegen auf dem Bahnsteig reden sah. Doch nichts passierte. Er wurde zu einer stetig wachsenden Menge von Männern geschickt, die auf einen anderen Zug warteten, der sie weiter nach Westen bringen sollte.

Die wenigen Männer, die beschlossen hatten, in der DDR zu bleiben, wurden in ein Willkommenslager gebracht, von wo aus sie auf ihre Heimatorte verteilt wurden. Johann beneidete sie nicht. Keiner von ihnen hatte sich das ausgesucht, weil sie das großzügige Angebot wertschätzten, sondern weil sie zu ihren Familien wollten.

Er hoffte, die Dinge standen nicht so schlimm, wie die Gerüchte es andeuteten. Sicher hatten sie es tausendmal besser als in einem sowjetischen Lager.

Nach einer Wartezeit ging die Reise weiter. Sie fuhren durch die ehemalige Hauptstadt Berlin, Leipzig, Weimar, Erfurt, Eisenach und erreichten schließlich die Zonengrenze in Herleshausen.

Der Zug hielt an und Männer in grünen Uniformen schauten herein. „Bundesgrenzschutz."

„Westdeutscher Grenzschutz?", fragte Johann und unterdrückte ein leichtes Beben in seiner Stimme.

„Das sind wir und freuen uns, Sie zu Hause willkommen zu heißen", sagte der Polizist mit einem breiten Grinsen. „Bitte, steigen Sie aus."

Alle stiegen aus und gingen die letzten hundert Meter zur deutsch-deutschen Grenze zu Fuß. Innerlich war Johann zum Zerreißen angespannt und erwartete fast, dass in letzter Minute noch etwas schiefging.

Doch in dem Moment, als er das weiße Drehkreuz passierte, fiel alle Anspannung endlich von ihm ab.

Er war frei!

In einem plötzlichen Gefühlsausbruch folgte er dem Beispiel der anderen, kniete sich hin und küsste den Boden seiner Heimat.

Nach zehneinhalb schrecklichen Jahren war er wieder zu Hause.

KAPITEL 28

Bonn, September 1955

Lotte wartete am Flughafen auf Kanzler Adenauers Rückkehr aus Moskau. Die angekündigte Pressekonferenz hatte Tausende Besucher angelockt, die begierig darauf warteten, die offizielle Ankündigung über das Schicksal der deutschen Kriegsgefangenen zu hören.

Für sie war es allerdings kein abstrakter Wunsch, dass die vermissten Männer nach Hause zurückkehren sollten. Sie wollte Johann wiederhaben. Zehn Jahre waren vergangen und sie hatte ihn jeden einzelnen Tag vermisst. Oberflächlich betrachtet war sie eine moderne, erfolgreiche und glückliche Frau. Sie arbeitete als Anwältin, verdiente genug, um sich eine schöne Wohnung und schicke Kleider zu leisten, und hatte lange darauf gespart, sich Anfang des Jahres einen VW Käfer zu kaufen.

Das Einzige, was zu ihrem Glück fehlte, war der Mann, den sie liebte. Ihre Freunde und Familie hatten es längst aufgegeben, sie zu verkuppeln, denn sie blieb Johann in aller Sturheit treu.

Jeden Monat schickte sie ihm ein Päckchen und hoffte inständig, dass er alles überlebte, was die Sowjets ihm in den Weg stellten, damit er eines Tages zu ihr zurückkehren konnte.

Ein Raunen ging durch die Menge: „Er kommt."

Kurz darauf erschien der Kanzler mit seinem Gefolge und sprach in die Mikrofone. Er verkündete, dass die Sowjetunion zugestimmt hatte, die letzten verbleibenden zehntausend Kriegsgefangenen zu entlassen.

„Er kommt nach Hause", flüsterte Lotte, völlig überwältigt von ihren Gefühlen. Ihre Augen füllten sich mit Tränen und sie nahm die Szene kaum noch wahr, die sich vor der Menge abspielte.

„Wer ist das?", fragte jemand.

Sie schaute auf und sah wie sich eine alte Frau, in einen schwarzen Mantel und schwarzen Hut gekleidet, Adenauer näherte. Sie nahm seine Hand und sank vor ihm auf die Knie.

„Was tut sie da?", murmelte jemand.

Der Kanzler, der in etwa so alt war wie die Frau, wollte ihr aufhelfen, doch sie weigerte sich und küsste stattdessen seine Hände. Die ganze Szene dauerte nur wenige Sekunden, doch sie beeindruckte nicht nur die Anwesenden, sondern auch diejenigen, die es später im Fernsehen sahen.

Lotte selbst konnte der Frau nur hinterherstarren. Sie wusste genau, wie sich diese Frau fühlte. Dankbar. Glückselig. Tränen rollten ihr über das Gesicht, als die Emotionen sie übermannten.

Einige Wochen später wurde die Ankunft des ersten Transports Spätheimkehrer angekündigt. Lotte bat ihren Chef um Urlaub und am nächsten Morgen saß sie in ihrem geliebten Käfer und fuhr auf der Autobahn zum Entlassungslager Friedland bei Göttingen.

Niemand wusste, wer dort wann eintreffen würde, aber das störte sie nicht. Sie hatte geschworen, jedes Mal dort zu warten, wenn ein Transport eintraf.

Sie hatte zehn Jahre gewartet, ein paar mehr Wochen mehr konnten sie nicht schrecken.

KAPITEL 29

Johann stieg in den Bus, der ihn ins Entlassungslager Friedland brachte. Jetzt, wo er wahrhaftig und unwiderruflich außer Gefahr war, zitterte er am ganzen Körper.

Der achtzig Kilometer lange Weg von der Grenze zum Entlassungslager war mit Zehntausenden winkenden und lachenden Menschen gesäumt. Jedes Mal, wenn der Bus durch ein Dorf kam, musste er abbremsen, da die Leute heranstürmten, um Blumen durch die Fenster zu werfen und einen Blick auf die Spätheimkehrer zu erhaschen. Frauen klammerten sich an den Fensterscheiben fest, um die Hand eines der Männer im Inneren zu berühren.

Seine Augen wurden mit jeder Minute größer. Was hier geschah, übertraf seine kühnsten Fantasien. Anscheinend war die Hälfte der Deutschen auf den Beinen, um ihn und seine Kameraden zu feiern. Er war nicht mehr der verurteilte Gefangene, der er so lange gewesen war, sondern ein Held, der mit Blumen, Geschenken, Bewunderung und Ehre überhäuft wurde.

Die Busse näherten sich dem Eingang des Lagers, über dem ein großes Banner mit der Aufschrift „Willkommen zu Hause!" prangte.

Hupend bahnte sich der Busfahrer einen Weg durch die drängelnde Menge, bis er schließlich anhielt.

Glockengeläut erscholl, als Johann von einem Ohr bis zum anderen grinsend aus dem Bus stieg. Als die Glocke verstummte, spielte eine Feuerwehrkapelle „*Nun danket alle Gott*".

Die Menge wurde still und lauschte der Musik. Einige sangen mit. Er senkte den Kopf und biss sich auf die Unterlippe, um die überwältigenden Gefühle zu unterdrücken.

Sie hatten Tod, Krankheit, Erschöpfung, Kälte, Hunger, Durst, Heimweh und Verzweiflung überlebt. Niemand konnte ihnen vorwerfen, dass sie schwach oder jämmerlich waren. In Gefangenschaft hatten sie weder Gefühle gezeigt noch geweint – zumindest nicht in der Öffentlichkeit.

Aber was in Friedland geschah, überwältigte selbst die härtesten Männer. Johann wischte sich heimlich die feuchten Augen. Rechts und links von ihm waren seine Kameraden ebenso ergriffen.

Als die Musik aufhörte, fanden sich die ersten Paare. Frauen legten ihre Arme um die Hälse lange verschollener Männer und niemand konnte seine Tränen länger zurückhalten.

Frauen, Kinder, Männer – alle weinten. Johann ebenfalls. Die Tränen liefen ungehindert über seine Wangen, als er Zeuge der bewegenden Szenen wurde. Er quetschte sich durch die Menge und hielt nach Lotte Ausschau. Er hatte keine Ahnung, ob sie gekommen war oder ob sie überhaupt wusste, dass er zurückgekehrt war. Alles war so schnell passiert, dass er keine Zeit gehabt hatte, ihr einen Brief zu schreiben.

Glückliche Paare lagen sich in den Armen und küssten sich, als gäbe es kein Morgen. Verzweifelte Frauen hielten Schilder in die Luft, auf denen Bilder und Namen eines vermissten Sohnes, Ehemannes oder Vaters zu lesen waren, und fragten jeden, ob er etwas über ihren Verbleib wusste.

Aber die, die noch vermisst wurden, würden nie mehr zurückkehren, denn sie waren in den ersten Hungerjahren bis 1949 gestorben. Eineinhalb Millionen deutsche Soldaten würden nie mehr die Heimat sehen. Die Russen hatten es versäumt, die vielen Männer zu registrieren, die in den Durchgangslagern, auf den Märschen oder in den Viehwaggons gestorben waren. Doch er wagte es nicht, die Hoffnung einer alten Frau zu zerstören, die noch immer an ein Wunder glaubte.

Er atmete tief durch und suchte weiter nach Lotte. Dann entdeckte er sie. Ihre feuerroten Haare leuchteten in der Sonne. Sie drehte den Kopf, suchte die Menge ab. Ihre Blicke trafen sich.

Wie entfesselt boxte er sich durch die Menschenmasse und stürmte auf sie zu, so schnell ihn seine Füße trugen. Dann – endlich – hielt er sie in seinen Armen, so weich und warm, wie er sie in Erinnerung hatte. Sie küssten sich frenetisch, als müssten sie die gesamten zehn verlorenen Jahre in dieser ersten Minute nachholen. Als er von ihrem Mund abließ, liefen ihr Tränen über die Wangen und verschmierten ihr Make-up.

„Johann." Ihre Stimme brach und noch einmal verschlang sie seine Lippen in einem leidenschaftlichen Kuss.

„Lotte."

Viel später gingen sie Hand in Hand durch das Lager, um seine Entlassungspapiere zu besorgen. Sie sagte: „Ich wusste, du kommst nach Hause. Ich war jedes Mal hier, seit der erste Transport angekommen ist."

„Ich kann es noch immer nicht glauben", sagte er. „So viele Leute."

Sie lachte ihr wunderbares, perlendes Lachen, bei dem ihre Augen strahlten. „Du hast ja keine Ahnung. Wir haben euch nicht vergessen. Die letzten fünf Jahre gab es hier Demonstrationen, politischen Druck, diplomatische Gespräche, alles, was du dir vorstellen kannst, um euch alle nach Hause zu holen."

Er lächelte. „Ich könnte mir vorstellen, dass du da mittendrin warst."

„Nicht bei allem, aber bei einigem." Ihr glückliches Lächeln wärmte ihm das Herz. „Ich konnte dir in den Briefen nichts davon schreiben. Ich wollte nicht riskieren, dass die Zensoren davon erfahren und dir das Leben schwer machen."

Er wollte sich nicht mit schlechten Erinnerungen abgeben, also hielt er sie auf Armeslänge von sich und betrachtete sie eingehend. Sie war reifer geworden, die Überschwänglichkeit war weg und Besonnenheit lag in ihrer Miene. Aber sie war noch immer die gleiche Person, nur zehn Jahre älter. „Du bist noch viel schöner, als ich dich in Erinnerung hatte."

„Ich liebe dich so sehr. Und jetzt fahren wir nach Hause."

Als er sich neben sie auf den Beifahrersitz ihres weißen Käfers setzte und über die Autobahn fuhr, wurde ihm bewusst, dass sich in Deutschland sehr viel verändert hatte, während er weg gewesen war. Und dann lachte er. „Es ist vorbei. Endlich."

EPILOG

Johann sah die wunderschöne Frau an, die vor ihm stand, und wiederholte die Worte des Pfarrers. Er hatte die Hoffnung, sie zu heiraten, beinahe aufgegeben, deshalb war er umso glücklicher, als er in der Kirche stand, die mit Freunden und Verwandten gefüllt war.

„Ich werde dich immer lieben und ich verspreche, dich zu beschützen, zu versorgen, zu verteidigen und dir beizustehen, egal was kommen mag. In guten und in schlechten Tagen, bis das der Tod uns scheidet."

Lotte lächelte ihn an und hörte zu, wie der Pfarrer die Worte vorsprach. Sie wiederholte sie, die Stimme rau mit Gefühlen, als sie „Bis dass der Tod uns scheidet" aussprach.

„Ich freue mich, euch hiermit zu Mann und Frau zu erklären. Eure Liebe füreinander hat euch durch viele Prüfungen getragen und doch seid ihr einander treu geblieben. Eine Liebe wie eure ist sicher vom Himmel gesegnet und es ist mir eine große Freude, der Erste zu sein, der euch zu eurer Hochzeit beglückwünschen darf."

Johann sah den Pfarrer mit hochgezogener Augenbraue an. „Darf ich die Braut jetzt küssen?"

Der Pfarrer nickte, während die Anwesenden, die diesem feierlichen Moment beiwohnten, leise lachten. „Ja, Sie dürfen die Braut jetzt küssen und das dürfen Sie auch gern noch die kommenden Jahre tun."

Johann zog Lotte in seine Arme und senkte langsam seine Lippen auf ihre. Er küsste sie mit all der Leidenschaft, die in seinem Herzen brannte, und spürte, wie sie in seiner Umarmung schmolz, während sie ihre schlanken Arme um seinen Hals schlang und ihn festhielt.

Seit seiner Rückkehr schwebte er auf rosa Wolken, obwohl er manchmal mitten in der Nacht voller Panik aufwachte, weil er glaubte, es wäre alles nur ein schöner Traum.

Doch ein Blick in ihr süßes Gesicht brachte ihn immer auf den Boden der Tatsachen zurück. Sein neues Leben war so ganz anders als das letzte Jahrzehnt. Er hatte noch Schwierigkeiten, sich zurechtzufinden und sich anzupassen. Manchmal fühlte er sich wie ein Zeitreisender, der in die Zukunft katapultiert worden war. Dann wieder fühlte er sich wie eine nutzlose Bürde, ein Mühlstein um Lottes Hals.

Sie ging jeden Tag arbeiten und er … blieb zu Hause, auf der Suche danach, was er mit seinem Leben anfangen sollte. Der Beruf eines Soldaten war nicht sonderlich gefragt und außerdem war er mehr als bereit, die Waffe gegen eine zivile Karriere einzutauschen. Aber was genau? Zwangsarbeiter war nun auch nicht gerade eine Empfehlung.

Gott sei Dank verdiente Lotte genug, um sie beide zu ernähren. Sie hatte ihn gedrängt, sich erst einmal um sich selbst zu kümmern und alle Zeit zu nehmen, die er brauchte, um sich an das Leben in Freiheit zu gewöhnen und eine Entscheidung über seinen zukünftigen Beruf zu treffen. Allerdings nagte es an seinem Ehrgefühl, dass er nicht für sie sorgen konnte.

Johann ließ seine Braut erst los, als der Pfarrer ihm auf die Schulter tippte. „Sohn, bedenke, dass das hier eine Kirche ist."

Lotte lief knallrot an und Johann grinste sie an.
Das Leben war schön.

*** Ende ***

ANMERKUNGEN DER AUTORIN

Liebe Leserinnen und Leser,

Ich freue mich so für Johann und Lotte, dass sie nun endlich wieder vereint sind. Gleichzeitig bin ich auch traurig, denn dies ist der letzte Band in der Reihe *Kriegsjahre einer Familie*. Sie war ursprünglich als Trilogie geplant über drei Schwestern und ihre persönlichen Erlebnisse während des Zweiten Weltkriegs.

Heftige Strafe ist das 11. Buch – oder das 12., wenn Sie die Kurzgeschichte *Gewagte Flucht* mitzählen. Es ist Zeit für etwas Neues.

Nachdem ich eine Weile hin und her überlegt habe, wird es in meiner nächsten Reihe um drei Freundinnen (bemerken Sie das Muster?) während der Berliner Luftbrücke gehen. Die Nachkriegszeit war nicht nur für die Deutschen folgenreich, sondern für die gesamte Weltgeschichte. Die Blockade und die Luftbrücke zementierten den Riss zwischen den Siegermächten und bedeuteten den offiziellen Beginn des Kalten Krieges.

Wenn Sie über Neuerscheinungen informiert werden möchten, melden Sie sich hier zu meiner Lesergruppe an: https://marionkummerow.de/

Für alle, die wissen wollen, wie es mit Johann und Lotte nach ihrer Hochzeit weitergeht: Lassen Sie Ihrer Fantasie freien Lauf.

Ich persönlich stelle mir vor, dass sie zwei Kinder bekommen, ein Mädchen und einen Jungen. Lotte wird eine berühmte Anwältin, die von den Nazis gestohlene Reichtümer ausfindig macht und den ursprünglichen Besitzern zurückgibt.

Johann hat einige Mühe, sich in das zivile Leben einzufinden. Mehr aus Notwendigkeit als aus Überzeugung wird er einer der ersten Männer, die zu Hause bleiben und die Kinder aufziehen, während er nebenher freiberuflich als Übersetzer aus dem Russischen arbeitet. Er weigert sich Zeit seines Lebens, einen Fuß in die Länder des Ostblocks und sogar nach Westberlin zu setzen, aus Angst, dass die Sowjets ihn entführen und zurück in ein Gulag schicken könnten.

Mit fünfzig findet er endlich seine Berufung als Berater für selbstmordgefährdete Jugendliche, wobei er seine schrecklichen Erfahrungen nutzt, um ihnen zu helfen, einen Grund zu finden, am Leben zu bleiben.

Wenn Sie meine anderen Bücher gelesen haben, wissen Sie, dass ich immer wahre historische Begebenheiten beschreibe. Johann Hauser ist ein fiktiver Charakter, doch die Erlebnisse, die er in seiner Gefangenschaft durchmacht, wurden von existierenden Kriegsgefangenen inspiriert. Ich habe zahllose Zeugnisse von Überlebenden in Form von Zeitungsartikeln, Fernsehberichten und Sachbüchern gelesen.

Der Spiegel hat all seine Artikel ab dem Jahr 1947 digitalisiert und im Internet frei verfügbar gemacht. Das stellte sich als kostbare Fundgrube für meine Recherchen heraus. Authentische Augenzeugenberichte zu lesen, ist fast wie eine Zeitreise zurück in die Denkweise sowohl der Familien, die zu Hause auf die Rückkehr ihrer Männer warteten, als auch der Überlebenden, die aus der Gefangenschaft zurückkehrten.

Ein Buch hat mich besonders durch die positive Haltung beeindruckt, die der Autor in seinem Leid fand. Es heißt *„und führen* *wohin du nicht willst"* von Helmut Gollwitzer, erstmals 1954 veröffentlicht. Johanns Freund Helmut wurde davon inspiriert.

Der Boxer Alfred basiert auf Oberleutnant Alfred Strunk, einem bekannten Unruhestifter. Sein draufgängerisches Verhalten war vom Ural bis in die sibirischen Ebenen legendär und die Wachen nannten ihn *„njemetzki tschort",* den deutschen Teufel. Anscheinend machten sie sich einen Spaß daraus, ihm immer himmelschreiendere Herausforderungen zu stellen, die er ausnahmslos meisterte. Er kehrte mit den „letzten Zehntausend" zurück.

1947 einigten sich die Alliierten darauf, dass alle Kriegsgefangenen bis 1948 nach Hause geschickt werden sollten. Vielleicht begann die Sowjetunion deshalb, in massenhaften Scheinprozessen, Männer für Kriegsverbrechen zu fünfundzwanzig Jahren harter Arbeit zu verurteilen. Nur wenige der Verurteilten waren tatsächlich Kriegsverbrecher und die große Mehrheit bestand aus einfachen Soldaten.

BÜCHER VON MARION KUMMEROW

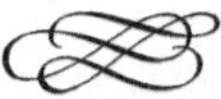

Liebe und Widerstand im Zweiten Weltkrieg

- Band 1: Unnachgiebig
- Band 2: Unerbittlich
- Band 3: Unbeugsam

Kriegsjahre einer Familie

- Prolog: Gewagte Flucht
- Band 1: Blonder Engel
- Band 2: Dunkle Nacht
- Band 3: Tödlicher Ehrgeiz
- Band 4: Agentin wider Willen
- Band 5: Beherzte Rettung
- Band 6: Tollkühner Aufstand
- Band 7: Enorme Opfer
- Band 8: Bittere Tränen
- Band 9: Enthüllte Tarnung
- Band 10: Glücklich Vereint

- Band 11: Heftige Strafe
- Spin-off: Nicht ohne meine Schwester

Schicksalhaftes Berlin

- Band 1: Eine Zeit des Aufbaus
- Band 2: Eine Stadt der Hoffnung

KONTAKTINFORMATIONEN

Ich freue mich über jede Zuschrift:

Twitter:
http://twitter.com/MarionKummerow

Facebook:
http://www.facebook.com/AutorinKummerow

Website
https://www.marionkummerow.de